私はサラリーマンになるより、死刑囚になりたかった

松本博逝著

ロックウィット出版

俺は歯車に、　歯車になりたくねえ。　なりたくねえ。　なりたくねえ。

1

人間は目的もなく、勝手に生まれ、そして、目的を強く達したいと願っても確実に運命によって殺される。私は三十七年前に生まれた冴えない男である。職を転々とし、夢もない。今は家でゴロゴロしながらこんな駄文を書いて喜んでいる阿呆だ。だから、金はあまりなく、親に生活面は殆ど完全に頼っているニートである。親から金をせびる事もできるが、人間の最後の道徳としてそれだけはあんまりしないようにしている(でも、たまに小遣い程度の金はせびる時もある。人間だから仕方がない)。

しかし、サラリーマンには欲しくて、欲しくてたまらない時間がある。面白い言葉に「学生時代は金がなく、社会人になれば時間がない」というのをたまに聞く、これは真実である。学生時代は勉強やスポーツに打ち込まなければ、自由な時間をかなり作る事ができる。そして、金を貰っているわけでもないので、それらに打ち込む義務もない。だから、脳や体はサラリーマンと違って疲労から解放されている。おまけに、学校は会社と比べて、常識よりも個性を重視する傾向があるので、思考を縛りつけられる事もない。

子供の時には気づいてなかったが、実はこれは素晴らしい事である。こんなにもすべてが自由だなんて！　このような自由から価値ある物が生まれる。この自由の大切さを理解している人間（大人も子供も含めて）なんて少ない事か！　子供の時にはその自由さが当然の事として考えられ、その時間の長さに嫌気がさす。特に勉強やスポーツに打ち込む事ができなかった子供はだ。そして、それらに打ち込んでいた子供でも大人に比べれば自由である。

　だから、このような思考ができるのだ。これは自由の成果なのだ。私達はあらゆる所で鎖につながれている。子供の時でさえ、プラスチックの鎖で繋がれている。大人になっては更に鉄の鎖で繋がれている。しかし、今、ほぼ完全ニートの私にとっては鎖が殆どない。子供の時のプラスチックの鎖さえない。あえて言うなら、世間のニートに対する冷たい視線が唯一の鎖に近いものになるのだろうか？　しかし、そんなものは大人になった時の会社の鉄の鎖と比べれば激甘である。子供の時のプラスチックの鎖と比べてもだ。

　しかし、私は今まで受けてきた教育や習慣、法律には縛られている。現に私は日本語しか空気のように使いこなす事ができない。英語なんて、大学受験勉強程度のスキルしかない。おまけに外国人のように昆虫を平気で食べる事はできない。日本にも昆虫を食べる文化はあるが、そんなに広範囲にはない。つまり、ニートでもある程度、大人が歴史的に受け継いできた文化を継承せざるを得ないのである。

それを継承しなければ、完全に自由であっても獣と変わらない。幼少時代に人間の文明と接触しないで育った子供の例がたまに出てくるらしい。それを見るとやはり獣とあまり変わらない。二本足で立つ事もできなければ、言葉も殆どしゃべる事ができない。もちろん、抽象的である論理的な思考も難しい。だから、完全な自由というものについてはすごく考えさせられるのだ。人間は文明社会から離れれば、完全な自由を獲得できるが、原始時代からのやり直し、酷い時は動物からのやり直しを求められる。これほどダルイ事はない。合理主義者の私はタイムマシーンによって一瞬で省略したいのだ。人類の数百万年の知恵が慣習や文化等に含まれている。それはニートにとってもありがたい事だ。

だから、私はこの不完全な自由を愛しているのだ。このなんとなく、不完全な自由が好きだ。会社による鉄の鎖に繋がれているというわけではなく、原始時代や獣に戻る事もない自由。そして、それこそ創造の源でもある。先祖から何も継承しない人間は四本足で歩いている時代から、馬車の時代に辿り着くのは難しい。ましてやハイブリッド自動車やリニアモーターカーの時代にはとうてい辿り着けない。そして、祖先から受け継いだ物があるからこそ、そこから何かより素晴らしい物を発展させる事ができる。それは価値ある自由である。獣から人間になる為の価値のない自由ではない。文明の縛りがあってこそ価値ある自由が生まれるのだ。この祖先から何かを受け継ぎ、更に進歩させていくのは人間だけの特徴である。

しかし、殆どの人間は現代に縛られすぎている。現代に縛られすぎない自由意志を持っているエリートは極めて少ない。更にそれを職業にできるエリートは尚更だ。本来、文明とは価値ある自由を提供するものである。だが、価値ある自由よりも、不自由な常識と過度の物質的幸福を提供している。確かに現代に縛られすぎるのは楽である。何も考えなくて良い。エリートの指示に従っていれば良い。こんなに楽なのに何か心の中から満足を感じられない。なぜだろう？

それを深く考えるたびに頭が痛くなる。私が子供の時に大人から教えてもらった内容に回答はない。その理由は現代の大人も迷走しているからだ。大人も結論が見つけられないのに、子供が理解できるわけがない。したがって、大人になっても私はこの自由の使い方がわからない？　更にこんなに自由になったのは初めてだ。子供の時もこれほどの自由を手に入れた事はなかったし、このような苦しみを味わう事もあまりなかった。しかし、私の苦しさと比べて、笑えることに馬鹿には自由という意味とその辛さも理解できていないようだ。馬鹿であればもっと楽しく生きていける。会社でがむしゃらに働き、金を儲け、地位を獲得し、贅沢に暮らしていく事だけが、人生最大の目標になる（馬鹿にはその程度で満足するのがふさわしいかもしれない）。

2

同級生は社会と上手く折り合いをつけてやっている。社会から与えられたポストに満足し、幸せそうだ。しかし、自分の幸せが自分の能力や性質に見合った幸せかを疑う能力もない家畜という事に気がついてもいなく、組織の外で戦う勇気もない。おまけに気力もない。

日本の会社組織というのは上手くできている。新卒一括採用によって皆の世界はその会社に限定される。その会社がすべてだ。その会社の文化・慣習等を頭に植えつける事によって同じように感じ、考える人間を大量に生産する。会社自体が何も染まっていない真っ白な若い人間を組織に従順なロボットに作り変える工場の役割を担っている。おまけに外の世界を知らないから、転職したり、独立したりして会社に不平不満を抱いて辞める勇気もない。まさに動物園で飼われたライオンを野生に放つと嫌がって、人間の元に戻ってくるという感じだ。

まあ、それに比べて私が同級生より幸せかと問われても答えるのは難しい（笑）。同級生より金がないし、妻や子も持てる収入もない。しかし、その分、資本に隷属していない自由がある。嫌な上司や同僚の顔を見る事もなければ、朝、決まった時刻に起きる必要もない。くだらない仕事に死んだ金魚の目のような顔をして取り組む必要もない。転勤で家族を置いて単身赴任をする必要もなければ、人の顔色を伺う必要もない。でも、なぜかいまいち幸せになれない。それはなぜなんだろう？

私はそれをよく考える。自分にとって本当に幸せというのはなんなんだろうかと？金が幸せか？　自由な時間がある事が幸せか？　それとも家族や友人との時間を持つ事が幸せなのか？　それとも豪華な服を着て、良い物を食べる事が幸せか？　それとも哲学や宗教に熱中する事が幸せか？

そして、それは人によって様々と言うしかない。ただ、自由な時間があればそれを考える事ができるという事だ。そして、それが贅沢な事なのだが。まあ、話が長くなってしまったが、結論を述べると真のイキガイと言う物になる。私はそう、真のイキガイ、真のイキガイを見つけたいのだ。真のイキガイさえあれば自由な時間を有効に使える。そして、それは私にとっては価値のある人間らしい真のイキガイでなければならない。動物の下等なイキガイでは駄目だ。でも真のイキガイって何だろうか？どうやったら真のイキガイを見つけられるのだろうか？　わからない。だって真のイキガイを学校で習わなかったから。

学校や世間は今の自分が何をすればいいかというレールを与えてくれた。今までレールを自分で敷いた事はない。常に誰かがレールを与えてくれた。それは、学校の先生だったり、世間の常識だったりした。会社人生というレールから脱線した今、どうやってレールを作ればいいのかわからない。誰も教えてくれない。

私はレールをどうやったら引けるかを真剣に考え続けた。まずは誰か教えてくれそうな人を見つけようと考えた。最近はあまり自分で考えた事がなかったから、自分で考えるという事を思いつかなかったのだ。誰かが私にレールを敷いてくれるだろうと考えた。そして、熟慮した結果、まず両親にレールを敷いてもらおうと判断した。両親は私の一番最初にレールを敷いてくれた人だ。私が赤ん坊の時に母乳を与えてくれた。排泄物の処理方法も教えてくれた。人を愛する事も教えてくれた。だから今、自由を与えられてもどうやったら上手く使えるかわからない私にレールを敷いてくれるのは両親しかいない。だから、私は母に相談した。

「お母さん、私はどうやって生きていけば良いの？　もうわからない」

「それは自分で見つけなければならないのよ。もう大人なんだから、三十代の大人でしょ。自分の道くらいは自分で見つけなさい」と母は諦め顔で言った。

「お母さんは私が子供の頃、勉強しなさいとよく言ったじゃないか？　そして、勉強してよい会社に入りなさいと言ったじゃないか？」

「それはお前の為を思って私は言ったのだよ」

「でも、勉強して良い会社に入ってもつまらなかった。真のイキガイを見つける事ができなかった」

「みんなはそのつまらない事をしているんだ。誰でもつまらない事を幸福と思って生きている時代なんだよ。お前は贅沢を言い過ぎる。シリアの人達を見なさい。働く所もなければ、安全もない。戦争ばかりしているんだ。それに比べて私達はつまらない事をしても働いて食べる事ができるし、殺される事もない」と母は悲痛な面持ちで思春期の少年に諭すように言った。

「僕は殺されてもいいんだ。殺されても最高の幸せを感じられるならすぐにでも殺して欲しかった」

「馬鹿！　そんな事は言うものではない」

「責任をとってよ。僕の人生に責任をとってよ。僕の人生をつまらなくした責任をとってよ」と私はまるで駄々っ子がゲームソフトを欲しがるように泣き叫んだ。

その瞬間、母の手が私の頬をピシャリと打った。痛かった。そして、同時に母親を苦しめたという罪悪感に苛まれた。母は真面目な性格の人だ。私のそのような自由で哲学的な気質を理解できる種類の人ではない。むしろ、社会が作ったレールをありがたがる人種だ。そのレール以外の事を考えるように他の人に言われると本能的に拒否するのだ。自分が正しいと社会から思わされてきたレールを否定される事は彼女にとって、今まで積み上げてきた人生を否定される事だ。まさに、子供の頃から信じてきた神様にすべてを捧げてきたのに、方程式によって神様はいないと証明された信者のような気持ちになるのだ。

しかし、母は普通の人だ。むしろ、それが社会的には当然になっている。誰が数十年間捧げてきた道を否定されて喜ぶ人がいるだろうか？　学校を卒業してから教師や警察官になって、数十年を経て、定年退職した時に自分の子供から教師や警察官には絶対になりたくなかったと言われて喜ぶ親がいるだろうか？　もちろん殆どいない。

だが、その否定に燃えるような、輝かしい価値があるのも事実なのだ。否定の中に進歩があり、肯定の中に平凡な安定した幸福があるのだ。苦難がつきまとう進歩か平凡で安定した幸福かだ。凡人ならば後者を選ぶだろう。前者を選ぶ者は未熟者か時代の英雄かのどちらかだ。だが、殆どは未熟者なのが現実だ。

母の事を詳しく書いてきたが、次に父の事を書きたいと思う。因みに父はもういない。父は私が二十五歳の時に他界した。父は真面目な職人であった。社会の駒として生きた六十年だった。父は私に安全な人生を最も望んでいた人物であった。賭け事はするな、真面目に働け、規則的な生活をしろ。そして、毎日野菜をたくさん食べろとまで細かく指導してきた。私は子供の頃からその指導にしたがった。そのおかげで人が作った規律を守る事がある程度できるようになった。しかし、新しい規律を自分の力で作り、守ることが苦手になった。

母に先ほどの事を問いただした夜に私は父の事を思い出しながら寝た。父はもし、私と母のあのやり取りを見ていたらどう思うんだろうか？

「何、寝言を言っているんだ。くだらん事を言うなら一秒でも長く会社に行って働いて来い。くだらん事を考えるなら一円でも多くの金を貯金しろ。くだらん事を行うんだったら早く寝て明日の仕事の準備をしろ」とでも言っただろうなと体に布団を巻きつけながら、ベッドで迫りくる眠気に対抗しつつ考えた。又、明日がくる。何もする事のない明日が、そして、何もしたくない明日が。ずっとこの連鎖だ。止まる事はない。真のイキガイを見つけるまでは永遠にこの連鎖に投げ出される。ただ、何の目標もない人生が続いていくのだ。

そう考えると動物の方が幸せかもしれない。人間より知能の低い動物は考える事が人間に比べて非常にお粗末だ。だから、食べる事や寝る事や性交等の生存に関する下等なイキガイが尺度の中心になる。そして、それで満足してしまう。それ以上進もうとする能力も意欲もない。彼らには人間と比べて遊びという感覚が少ないのだ。動物でも下等な昆虫等と比べて、知能の高いカラスやチンパンジー等の人間に近い近縁種は遊びという知的好奇心を満たす行為をおこなっているが、人間と比べればそのレベルは非常に低い。その遊びという物の中に人間らしい真のイキガイについての一要素が眠っているのだが・・(ただし、遊びの中に崇高さがなければ駄目)。

又、それと似た事例がある。最貧国の人間だ。彼らは動物とはまったく違う理由で動物の幸福を最高の幸福と考えざるをえない人達である。確かに最貧国の人間は先進国に住む人間を贅沢かもしれないと感じ、妬ましく、うらやましく、感じるかもしれない。しかし、最貧国には「**生きる**」という最高の目的がある。生きたい。努力しなければ明日、食べる物さえ確保する事ができない。生きるという事それ自体が究極の目的であり、それ自体、下等ではあるがイキガイとなる。又、大学教育等の高等教育を受ける機会に恵まれていなく、更には文字の読み・書きの教育もうけていない場合があるので、下等なイキガイを自由によって真のイキガイに発展させる事もできない。真のイキガイには最低限度の教育が必要なのだ。

その分、先進国に生まれ、中途半端な中産階級以上に育った人間は働かなくてもなんとか生きる事ができる。生きるという事が当たり前で生きる為に努力をする必要もない。生きられる権利は空気であり、水であり、太陽である。誰もが簡単に手に入れる事ができる。だから、生きる事自体が目的にもならないし、下等なイキガイにもならない。

だが、その退屈を補う物が極めてよく発達している。例えば、ゲームや漫画やインターネット等だ。それはそれで確かに楽しいが、どうしても心の中に隙間ができるのだ。子供の時はそれに打ち込む事で下等なイキガイから充実感を得る事ができた。しかし、大人になれば、それらの中に満足を求められなくなるのだ。大人になるとより価値がある真のイキガイを求めるようになる事が多い。更に、それは私にとっては苦難や絶望の味が含まれていなければならない。簡単に手に入るならば面白くない。ガキの好きなゲームのように数日徹夜すれば、レベルを最高近くまで上げられて、世界征服を狙うボスを倒し、お姫様と膨大な富と名声が得られるものでは面白くない。物足らない。それは焼け付くような苦難・絶望を伴う激しい快楽でなければならないのだ。

したがって、私は時には最貧国の人間をうらやましく思える時がある。僅かの食物をめぐって喧嘩をし、時には殺し合いとなる。僅かな食物をめぐって大きな危険と冒険が約束されているのである。なんて毎日が楽しいんだ！　そして、その楽しさが本当は虚しい事にも深くは理解していない。そうこう考えつつ、迫りくる睡魔はまるで鯨がプランクトンを飲み込むように私を包んだ。

3

今日は何をしようかなと一時間程度、ボケーとしながら考えていた。インターネットを見るのもつまらなければ、テレビを見るのもつまらない。小説も読み飽きた。飯は母親が作ってくれるし、本当に何もする事がない。

その時に、小学生時代に作ったミニラジコン自動車をふと見た。それは少し埃にまみれている感じがして、製作後二十五年以上の時間が経過しているのが露骨に見て取れた。あの時は楽しかったな。ミニラジコン自動車を作って友達と競争する事が下等ではあるがイキガイだった。もう一度、あの頃に戻りたい。大人になってつまらない事が子供時代には大変興味深く感じられる事が多々ある。今度は過去に夢中になった物が下等ではあるがイキガイになるのではと思った。私はもう大人であるが、考え方次第では子供に戻れるかもしれない。

子供に戻れると言うのは素晴らしい事だ。見るものすべてが楽しいし、常にあらゆるものが好奇心の対象になる。子供時代はよくプロレスのアニメキャラ消しゴムで遊んだ。その消しゴムには価値のあるキャラと価値のないキャラがあり、価値のあるキャラを持つ子供こそ皆に尊敬される存在であった。又、チョコがオマケのシールもよく集めた。悪人から神様と幾つかの種類のシールがあった。神様を当てる為にはかなりの時間がかかった。初めて当たった時の事は今でも覚えている。うれしかったなあ。その時に祖母が食事をこぼし、その神様のシールを汚してしまって、泣いてしまった事も思い出す。そして、チョコ付きシールを買う為にはコンビニに並ぶ必要があった。みんな一人三個しか買えないという制約があったが、金持ちの子供は箱買いをする事もあった。その時に子供ながらも富の格差を感じたのも今では懐かしい。子供同士で色々なジュースを作ったのも良い思い出だ。ぶどうジュースとオレンジジュースを混ぜ合わせ、はたまたその混成ジュースの中に果物や時にはテンプラまでいれてオリジナルジュースを作ったっけ。

私はニヤニヤしながら過去の想像にふけった。三十七歳のおっさんがこのような想像をするのは不気味かもしれない。周りの人々は気が触れたと思うかもしれない。しかし、私は周りの目はもう気にならない。気にしてはいられない。気にしては生きていけないと思った。又、周りの目を気にするという考え方こそ子供らしくない大人の考え方であり、私が子供に帰る事を妨げるものだ。

とりあえず、子供に戻る為にはどうすればいいのか、思いついて、自転車に乗り、猛スピードで近所のおもちゃ屋に行った。

「ミニラジコン自動車全種類ください。おまけに改造パーツも含めて全部ください」

と僕は目の輝きを放ちながら言った。

「どうぞ。品切れしている物も多少あるけどね」

「全部でいくらですか？」

「三万円だよ」

「ありがとうございます。これで私は幸せになれます」

その時の店員の目は不可思議だった。まるで宇宙人を見ているような目だった。いや、むしろよく考えると宇宙人というより、新興宗教の信者を見るような目だった。憐れみはなかった。そして蔑みもなかった。その目の中にあるものは不信感だった。大人が子供の行為をする事への不信感。そのような人間に対するある種の警戒心だった。それは世間の常識からみれば正常な事だと思う。特に「これで私は幸せになれます」という言葉はまずかったかもしれない。このような言葉をこのような状況で言うのは奇妙な考えの持ち主である確定的な証拠だ。こんなに簡単に幸せになれる訳がない。幸せを得るにはそれなりの苦労が必要だ。サラリーマンなら朝六時に起きて、朝八時に出社し、死ぬほど働き、夜九時に家に帰ってくる生活が必要だ。休みは土日祝だけ。土曜日が仕事の時も多い。それでやっと嫁と子供が養えて小さな幸せを得る事ができるのだ。なんでこんなに簡単に幸せを手に入れる事ができるのか？　そんなもんできるわけがない。脳がお花畑であるしか考えられない。お花畑なら十分その可能性はある。そのように薄々感じながらも私は下等なイキガイ発見の為にミニラジコン自動車がどうしても必要に思えたのだ。真のイキガイが見つからないから・・。

私は大急ぎで自転車に乗り、家に戻った。家には誰もいなかった。母親は夕食のおかずを買いに外に出ている。別にミニラジコン自動車を必死に作っている姿を強く見られたくないというわけではないが、なんとなく誰にも見られたくなかった（心の中では本当は少し恥ずかしいという思いがあったかもしれない。大人が子供の遊びに夢中になる事に少し抵抗があったのかもしれない）。今は家の住人は私一人だ。これで心おきなく、ミニラジコン自動車を組み立て、改造する事ができる。今日は久しぶりに下等ではあるが充実感を持って生活できた日だった。この下等なイキガイが下等なイキガイではなく、実は未来永劫と続く真のイキガイであるかもしれないと強く願いつつ、その組み立てと改造に全力を費やした一日だった。

数日後、何台かのミニラジコン自動車が完成した。子供のおもちゃを大人の財力と知恵で改造したものだからその出来具合は素晴らしかった。又、改造だけではなく、その後、ミニラジコン自動車専用のコースを購入し、何度も何度も走らせた結果、小学生の誰にも負けないくらい早いスピードでコースを回れるようになっていた。そして、脱線する事もまずなくなった。

「やっと完成した。誰かと競争したい！　一人じゃつまらない。誰か一緒に遊んでくれる相手はいないかなあ」

私と遊んでくれそうな人を頭の中で何度も考えた。私と同じ感情を共有してくれる人がいないと、私の充実感は未来永劫に続かない。同じ事を目的にできる仲間が必要だ。なんとか仲間を探さなくては・・・・。そうでないとつまらない。自分で自分だけを評価して生きる事になんの価値があるのか？　周りから認められなければ意味がない。最低限、今は認められなくても、将来は認められたいと思うのが人間だ。とりあえず、私は今、交際のある仲間に電話をかけた。

「ミニラジコン自動車で遊んでみないか？」と、相手にされないのを覚悟しながら遠慮深く、しゃべってみた。

「ミニラジコン自動車で遊ぶ？　何を考えているんだ。子供じゃあるまいし。俺には仕事があるんだよ。お前のように無職じゃないんだ。じゃあな」と大学時代の友人の佐藤は「ガチャ」っと電話を切った。

そりゃ当然だなと私は思った。大人にとってミニラジコン自動車なんてつまらないものだし、何の価値もないものだ。ミニラジコン自動車なんかで遊んでいるよりはもっと楽しい物で遊びたいと考えるだろ。車・バイク・ヨットとかお金がかかる物になるが・・・。しかし、その高い物で遊ぶために自分の貴重な時間を嫌いな仕事に向けている人間がどれだけ沢山いることか。浪費家である事が自分の充実感を作るどころか、その充実した時間を潰す事になっているかを知っている人間は少ない。

資本主義は欲望を生み出す。大衆があらゆる商品を大量に手に入れる事を経済的基盤にしている資本主義は商品を工場で大量生産する事によって本来ならば産業革命や科学革命以前には高級であった商品を廉価な商品にしてしまう。そして、その商品を手に入れるために人々は嫌いな労働に励む。欲望を満たすために欲望を抑えるというパラドックスの中に投げ込まれるのである。もし、資本主義があらゆる商品を生産しても、人間の欲望を掻き立てる事が困難であるならば資本主義は上手くいかなくなる。欲しい商品があるからこそ人々は嫌な労働をするのである。欲しいものが少なければ労働時間は最小限に限られてくるだろう。

私は欲しい物を煽り立てる事で人の充実感を踏みにじる資本主義には反吐がでる。だから、私はミニラジコン自動車で満足していたいのだ。ミニラジコン自動車にすれば、くだらん労働に身を取られる必要も少なくなる。資本に隷属する必要もない。私は下等とはいえ自由なイキガイを求めているのだ。車・バイク・ヨット等の高級品を購入する事で資本に隷属しなければならないのに非常な嫌悪を抱いているのだ。しかし、これだけでは人々は未だ資本に隷属する事はやめないだろう。人々は欲望を掻き立てる商品に魅了されるというよりもっと大きな物がある。それは見栄である。資本主義のかなりの部分は見栄で支えられている。人より高い収入を得る事でのステータス、人より良い物を持つ事で得られる快感である。したがって、根本的に欲望が掻き立てられない物であっても、人より地位が高い事を確認する為に人は嫌な労働に従事する。労働は見栄によって支えられている。だから、私は欲しい物が少なく、見栄もはらない人間になる事で下等ではあるが自由なイキガイを求める時間を確保したいのだ。それにはミニラジコン自動車は素晴らしい商品なのである。

しかし、ただ一つこの理論には大きな問題がある。それは労働が好きな人間にはこの理論は当てはまらないのだ。良き仲間に囲まれて、自分の好きな仕事をする人間にとって資本主義は素晴らしいものだ。見栄も高級品も時によっては真のイキガイも与えてくれる。おまけに有用な時間つぶしまで兼ねている素晴らしい制度である。だが、サラリーマンで好きな仕事をしている人間はあまりいないのが現実だ。この事を力説しながら大学時代の友人に次々に電話をかけてみた。彼らがどのような反応をするか調べたかったからだ。

「何を考えているんだ。頭がおかしい」

「くだらん事を言うな」

「アホじゃないのか」

三人ともこういう反応しかなかった。資本主義の中で生まれ、育った人間は自分にとって本当に何が必要な物かを知らない。何が必要な物で何が必要でない物かをきちっと認識できないし、認識するように教育されていない。資本主義にとって何が必要で何が必要でないかと認識されるのは非常に困るのである（例えば、本当に外食ってそんなに必要な物だろうか？　お弁当を自宅で作ればかなり安くつく。そして、服もそんなに沢山必要な物だろうか？　昔の人間は現代程、贅沢だったのだろうか?）。人々がその事を認識すれば、物が必要なくなる。物が必要なくなれば、働かなくなる。売上が減り、人々が働かなくなれば会社が倒産する。会社が倒産すれば一番困るのは会社に責任があまりない下層サラリーマンじゃなく、資本主義の支配階級で高給取りでもあるブルジョワジー及びサラリーマン社長や役員・部長等の高級プロレタリアートであるからだ。下層サラリーマンは時給にすればバイト程度の金しかもらってない。安い賃金の転職先はいくらでも見つかる。

見つからなかった。とうとう見つからなかった。私の付き合っている友人の中で私とミニラジコン自動車で遊んでくれる人はいなかった。だが、私は考えついたのだ。大人に相手にしてもらえなければ、子供に相手にしてもらおうと。大人が子供と友人になっても良いはずだ！　私は世間に警戒されても良い。子供と友人になろうとする大人のどこが悪いのだ。人間と動物の間に友情が成り立つならば、大人と子供の間に友情ができても良いはずだ。誰と友情を結ぼうともそれは素晴らしい事であるはず。

そして、私は大人として、良き助言者や良き先輩として子供には接したくない。そのような友情の形は好ましくない。そのような友情の形にしてしまうとどうしても親くさくなってしまう。親くさくなるのは面倒だ。特に小さい子供は大人に甘えていたいという願望が強く、大人への憧れもある。そうなると親とあまり変わらなくなる。それは避けなければならない。友情じゃなく、親子愛・師弟愛に近くなる。しかし、その前に私はどのようにして子供と友人になれば良いのかがわからなかった。大人と子供の違いってなんなんだろう？　なんで普通は大人と子供は友人になれないんだろう？　なんとなくそのような事が考えたくなった。深く考えるのは私のいつもの癖である。このような事は本来、社会に適応していくのによくない。簡単に人に染まるのが良い。自分の考えは組織には原則必要とはされない。だが、それでも考えてみたくなる。

子供は、特に幼稚園から小学校低学年にかけての年齢の子は子供らしい特徴がよくでる。彼らは何でも喜ぶ。大人が面白いと思わない事を面白いと感じて、大人より好奇心が高い。大人が常識や非科学的な物と考えて相手にしないものに真剣に向き合おうとする。コックリさんやトイレの花子さんがその好例だ。そういう物に対して非常に反応する。世間の常識や儀礼は好まない。ただ、面白い、楽しい、暖かいといった感情を求める。常識や儀礼は軽視される傾向がある。だが、単純な平等の原理や同情の精神は尊重されているようだ。又、その中には無分別な残酷性も含まれている。そして、どのような感情であれ、大人と比べて洗練されていないのも事実だ。荒くて単純である。感情の中に複雑さやイデオロギーはあまりない。おまけに身体的な痛みや危険に対して過剰な反応をする。知能や判断力は低い。三山問題で子供がトンチンカンな回答をするのがその例だ。

ああ、またくだらない事を考えてしまった。私の悪い癖である。とりあえず、子供を捜す必要があった。捜しに捜したが、全く赤ちゃんしか見つからなかった。赤ちゃんでは一緒に遊べない。なんでだろう？　よく考えてみた。そりゃそうだ。今は平日、昼の十三時だ。みんな保育所・幼稚園か学校にいる。いなくて当然だ。無職を長く続けていると常識的な感覚が薄くなってしまうのを感じる時がある。自分がこのような自由な状態だからといって人が自由な状態にあるわけがない。会社にいる時はキチンと髪を散髪し、髭を剃り、歯を磨き、風呂に入る。そして、人に挨拶し、社交辞令を言う。このような時は世間という物を意識しながら生活しているので常識という物が衰える事なく、常に訓練されている状態にある。今はそのような状態と全く正反対の状況にあり、常識が失われていくのは仕方がない。髪はボウボウ、髭も伸び放題、歯も磨かなく、口も臭い。風呂に一週間も入っていない。おまけに無愛想になり、近所の人にも挨拶しない。更には社交辞令どころか、相手に目を合わせる事もない。

そんな事を考えながら、夕方四時から五時くらいが狙い目だなとふと思いついた。

どうせなら、保育所・幼稚園の子供と遊んでも面白くないし、少し成長した小学校中学年・高学年くらいが良いだろう。夕方まで少し時間があるし何をしようかなと考えつつ時間を過ごした。そうだ！　少しは計画を練った方が良いだろう。最近は大人が子供に接触すると異常に警戒される世の中だ。子供好きの老人が近所の子と遊びに行っても犯罪と見なされて逮捕されかねない世の中なのだ。

私が子供の頃はそういう世の中ではなかった。スマートフォンやインターネットもなく、今より不完全な世の中であったが、今より人に対する警戒心は少なかった。人が信頼されていた。時代が進んで経済が発展し、知識や情報が増え、科学技術が発展するにつれて、人がどんどん信頼されなくなった。果たして、人（日本人）は昔に比べて野蛮になったのだろうか？　道徳のレベルが低下したのだろうか？　そうではなく、マスコミの報道の仕方に問題があるのだろうか？　それはわからない。ただ、私が子供だった三十年前と社会の空気が確実に違っているとだけは言える。あの時代が今の時代と比べて良いと確信する事はできない。ただ、懐かしく、寂しく感じるというだけだ。

　ああ、しまった。また脱線してしまった。きちっと計画を練らなくてはいけない。んー下校している時の子供は狙えないしなあ。今、帰っている最中だから私の誘いにのる事はないだろう。では公園しかないだろうなあ。でも、公園で遊んでいる子供をミニラジコン自動車に夢中にさせる事なんかできるのだろうか？　最近の子供は公園で遊ぶのだろうか？　私の子供の時代でさえゲームに夢中になって、外で遊ばない子が沢山いたのだ。今の時代は更に家で遊ぶ道具が増えている。しかし、こんな事を考えていても仕方がない。次々と時間だけが経ってゆく、とりあえず声をかけるしかない。考えても結論がつくような問題ではない。やってみてできるかできないかだ。

近所にある公園に私は行ってみた。子供達が元気よく遊んでいる。私の心配は杞憂であったようだ。私は自分が昔、通った小学校の児童に近づいた。どうやら、下校途中に公園で遊んでいるようだった。しばらく、私はあの懐かしい制服を着ているのを羨ましく感じながら、眺めていた。そして、声をかけようと思った瞬間にある事に気がついた。女の子しか公園にはいないのである。女の子では、このような男の遊びに共鳴はしてくれないだろう。おまけに公園には数名の大人がいた。子供達の親ではなく、暇を潰しに来た老人達だ。しかし、私にとっては親ではなく、老人だとしても誤解を招いてしまうという警戒心を感じざるをえない。それ程までに今の時代、子供は絶対被害者なのだ。もし、今の時代に子供が嘘をついて、大人に殴られたと警察に言えば、殆ど証拠がなくても逮捕されるかもしれない。中世の魔女狩りと同レベルだ。

とりあえず、男の子を待つ事にした。そして、長い間待っていた。その間に一人でブランコに乗ったり、すべり台に乗ったりしながら、少し遊んでいた。このような形で童心に帰るのは楽しかった。夕暮れの風は心地よく、久しぶりにかいた汗は充実感をもたらした。しかし、その充実感と共に私の心からもの凄い劣等感が噴き出してきた。汗、私は今、汗をかいているのだ。今では軽蔑している汗を。「子供の汗は名誉であるが、大人になってからの汗は罪である」「子供時代に沢山の汗をかけば、大人になってからは汗を出す仕事につく必要はない」という言葉を昔聞いた事がある。昔、私の父親が言っていた言葉（あの時代は学校にエアコンがなく、勉強するにも汗がでる）だ。子供の頃から父親に教えられてきた。汗をかかないホワイトカラーの仕事につけと、汗をかくブルーカラーの仕事につく人間は罪人だと。子供の頃にかいた汗がない罪人だと。その罪を背負わなければならない人間だと言われた事を思い出した。

「汗は罪だ！　汗は罪だ！　汗は罪だ！　私は罪人なんだ！」と大声でさけんだ。

その瞬間、公園にいるすべての人間が私に注目した。子供も大人も皆が私に注目した。私はその注目がどうしても恥ずかしかった。そして、その異常者を見るような注目が苦痛だった。ついにそれから逃れる為に男の子を待たずに女の子に声をかけた。

「一緒にミニラジコン自動車で遊ばない？　おじさんはミニラジコン自動車を沢山持っているんだ」

「危ない、危ない」と小学生の連中からまるで土からでてきたミミズのような小声でボソッと聞こえてきた。

最近の小学生は大人を見るとまるで誘拐犯のような目で見てくるなと私は少し寂しい気持ちになった（というかこんな状況で声をかけたら当然だな。苦笑）。

近所に人間嫌いの野良猫がいるが、あの野良猫達の子猫も異常な人間嫌いであるのをふと思い出した。私が餌を片手に少しずつ子猫を引き寄せる。もちろん、大の人間嫌いである親猫はその時とうに消えていなくなっている。人間を悪魔か何かと思っているらしい。そして、親猫が人にそのような態度を取るんだから、子猫もブロック塀の隙間で親と同じように不安そうに見ている。ただ、子猫が親猫と違うのは好奇心が非常に強いのである。これは子供固有の特徴かもしれない。

この好奇心を利用して、餌で少しずつ、子猫を隙間から誘き出していく、餌で興味をそそらなければ、今度は猫じゃらしを使用して誘き出すのである。これで子猫によっては隙間から出てくるのだ。中にはもう何も見えなくなって猫じゃらしと一生懸命遊んでいたりする。そして、その夢中になっている瞬間に子猫を抱き上げるのだ。もちろん、子猫は必死に暴れる、「シャー」とか威嚇音をしきりにならすのだ。ただ、ここからが子猫によってわかれる。威嚇音を鳴らすが、しばらく頭を撫でてやると落ち着いて警戒心を解く子猫もいれば、混乱が収まらずに、手を鋭い爪で引っ掻いて逃げようとする子猫もいる。更には子猫でも生まれたての子猫は警戒心が薄い、親からの教育がまだ脳にきちっと固定されていないからだ。成長した子猫ほど警戒心が強くやっかいなのだ。

ここから私は素晴らしい事を思いついた。今回は公園でわけのわからない事を大声で怒鳴ったので失敗したのだ。更には声をかけた連中は小学校四年生〜小学校六年生の集団だったんだ。それも女の子だ。もっと年齢層の低い男の子集団に声をかければ、上手くいくかもしれない。つまり、幼稚園から小学校低学年の集団にである。少しくらい親臭くなってもかまわない。彼らも親によって大人には注意しろと教えられているのは間違いないが、まだ考えが固まっていない。彼らの脳は粘土みたいな物だ。とりあえず、親によってヘラや何かで形は作られてはいる。しかし、未だに固まっていなく、赤の他人が手を加える余地があるのだ。

私は大声で叫んだ公園から移動し、別の公園に行った。別の公園では私の奇妙な行動は誰にも知られていない。「ウフフフフフフ」、そして、今度は小学校低学年の男の子集団と友人になりたく、声をかけてみた。

「おじさんとミニラジコン自動車で遊ばないか？」

「ミニラジコン自動車って何？」

「ミニラジコン自動車ってのはスポーツカーの小さな模型なんだ。この模型を改造したりする事で誰よりも早く走れるかを競争するのが楽しいんだ」

「それ、買ってよ、買ってよ」

「いいよ。ミニラジコン自動車で私と一緒に遊ぼうよ。なんなら君の友達を数人連れてきて欲しいな。後、この事は両親には黙っていてね。僕たち2人だけの秘密だからね」

「いいよ、いいよ」

「じゃあ、明日、夕方五時にここで待ち合わせをしよう」

「うん、じゃあ明日ね。バイバイ」

やはり、小さい子供は素直だ。かわいらしい。少し大きくなると親の言う事の方が正しいと思い込むようになる。しかし、また成長すると親の考えに反抗し、いずれは自分の考え方を確立するようになるのだから興味深い。

私は明日が待ち遠しかった。かわいらしい子猫ちゃん達にどういった種類のミニラジコン自動車を買ってあげようかとほくそ笑んだ。大人の僕にとってはそれを購入する事は大それた事でもなく、苦しいことでもない。しかし、子供にとってミニラジコン自動車が貰えると言う事はとても楽しみに違いない。その夜は久しぶりに心地よく眠れた。小学生がクリスマスにサンタからのプレゼントを待つ夜に来る爽やかな心地よい眠りだった。

4

夕方の五時がやってきた。待ちに待った時間だ。私はすばやくジーンズとTシャツに着替え、自転車に乗って目的地へ向かった。子供達は正直だった。私が声をかけた田中という小学校一年生の子供だけでなく、その子供の友達も二人ほどやってきた。

「おじさん、約束どおりミニラジコン自動車を買ってよ」

「わかったよ。買ってあげるよ。後、残りの二人は誰なのかな?」

「はじめまして、僕は宮田、田中と同じ学校で同級生なんだ」

「で、この子は?」と言葉を述べようとする瞬間に子供らしく、かわいらしい声が聞こえた。

「僕は鈴木っていうんだ」と元気一杯の声が聞こえた。

私は自分の自己紹介を子供に解りやすいような言葉で簡素に述べた後、目的のプラモデル屋に向かった。周りからは親戚のおじさんが子供達におもちゃを買ってあげるように見えているんだろうなと感じた。

プラモデル屋についた。プラモデル屋は小学校の近くにある古びた建物にあった。周りは雑草が茂っており、いかにも手入れされておらず、以前は誰も使用していない廃墟である事が誰からにでも理解できた。完全に小学生に狙いをつけて開店したというのがまるわかりの店だった。中には沢山のミニラジコン自動車が飾られており、もちろん最新のモデルも沢山あったし、改造パーツも多種類用意されていた。

「あれ買ってよ、これ買ってよ」と店についた瞬間に一斉にやまびこのように聞こえてきた。

「わかった、わかった。何でも買ってやるから」

とりあえず、欲しがる物をすべて買ってやった。合計で四万円程度だった。その後、彼らを私の家に連れて行き、私も小学生時代に戻ったように遊んだ。手にはミニラジコン自動車を作る際のグリスがべとつき、汗にまみれて、子供達と一緒にこれらを改造し、狂ったように遊んだ。小学生である為に経験等に差がありすぎて話が噛み合わなかった点もあるが、それすらも忘れた程に夢中になった。久々に充実感を感じた日だった。

夜遅くなったので、私は田中以外の小学生達とも連絡先を交換し、後日も遊ぼうと約束し、子供達を家に帰した。そして、それが永遠の別れとなった。その理由は子供達が家に帰った時に大量のミニラジコン自動車とそのパーツを持ち帰った為に、親に三十代の中年のおじさんと遊んでいるとバレてしまったからだ。親の気持ちも理解できない事もない。常識から考えれば、六歳の子供が三十代のおじさんと遊ぶこと等考える事はできない。むしろ純粋に遊びたいという気持ちより、何か如何わしい目的で小学生達を誘惑していると考えるのが普通だ。

電話をかけてみたが、子供達は受話器を取ると直ぐに親にかわった。私と話をする事すらなかった。

「うちの子供に近づかないでくれるか？　三十代の大人が小学生と遊ぼうとするなんてとても不気味なんだよ」

「つぎ、うちの子供に近づいたら警察を呼ぶからね」

「大人なら、大人と遊びなよ。頭おかしいのか？　何か犯罪をたくらんでいるだろ？　如何わしい目的でうちの王子様に近づかんといてくれるかね」と三人の親はこういう反応だった。

私は諦めざるを得なかった。こういう親達に私はただ友達が欲しいだけだと力説しても通じない。もし、子供達と遊び続けるなら、何かの建前が必要になるだろう。例えば、子供達の脳を発達させる会だとかの福祉団体を立ち上げて、その理事長に就任するだとか。そういった別理由を立てないかぎり、地元の名士でも怪しまれ、煙たがられるに違いない。しかし、私にはどうしてもそこまでする気にはなれなかった。それはもとからめんどくさかったし、そこまで人と広くかかわる活動をしたくなかったからでもあった。

また、私の真のイキガイ探しは振り出しに戻ってしまった。自由な時間を真のイキガイに使いたい。ただそれだけの理由なのに。それも資本に従属する必要のない自由な真のイキガイ。つまり、真のイキガイには自由は必須事項なのだ。

時として、真のイキガイとは規律ではないのかと考える事がある。規律ある生活が目的を作り出し、目的を達成させる事ができる。規律がなければ目的を達成する努力もできなければ、努力ができないゆえに立てた目的も直ぐに目的でなくなってしまう。

私は自分で作った規律を守る事が得意ではない。自分で作った規律は破っても誰も罰しないからである。罰則がない規律を守るのは難しい。しかし、他人から与えられた規律を守るのは昔から私は苦手ではない。小学校・中学校・高校・大学・会社にはすべて規律がある。規律を守る大切さは小学校の時、否、幼稚園の時から教えられた。そして、規律を破ると必ず罰があった。罰があるゆえに規律を守らなければならなかった。罰があるゆえに目的が達成された。

今、私は自由だ。自由があるゆえに自分で目的をたてる事ができる。組織に入れば、自分で目的をたてる事ができない。しかし、他人が作った目的を達成する為に罰則が必ずある組織の中に入れられる。だから、私は努力できる。

しかし、自由である事で真のイキガイがある目的を作れる可能性はある。ところが、罰則のある規律をたてられない為に目的が達成する事が困難で目的自体が消滅してしまう可能性もある。又、組織に入る事で罰則のある規律の為に目的達成は可能であるが、目的自体が私にとって殆どどうでも良い事である。

私は悩んだ。自己規律さえあれば、困難な目的を真のイキガイにする事ができるのではないだろうかと思った。学校はなぜ、自己規律を子供達に教えないのだろうか？それとも教えられないのだろうか？　組織の駒を大量生産する機関である工場(学校)にはそもそも自己規律を子供達に教える必要はないと考えているのだろうか？　他人から作られた規律を守るだけで良いと考えているのだろうか。自己規律こそが、規律と自由を両立させる唯一の方法なのに・・・・。

とりあえず、規律についてはこれ以上考える事はやめた。今は規律以上に真のイキガイという目的を探す時だからだ。目的ができなければ規律を語る意味はない。とにかく、真のイキガイを探さなければならない。探さなければ、人生は虚しいものだ。

5

最近はパソコンをやったり、ゲームをしたりしている。ミニラジコン自動車を真のイキガイにする事ができなくなって以来、違う物をいじくってそれにできないかやっている内に、飽きたパソコンやゲームやテレビが面白くなってきた。

巨大なインターネット匿名掲示板やインターネット百科事典や動画投稿サイトは素晴らしい。しばらく見ていると飽きるが、新しく書き込みや項目が更新される為にまた好奇心をそそり、見てしまう。一種の中毒性がある。テレビやゲームもこれと同じだ。しばらく見ると飽きる。しかし、また新しく更新される事で好奇心がそそりだし、再びその世界の虜にされる。だが、熱中した後に、気がつくのは時間を浪費したという虚しさしか残らない。熱中している時は真のイキガイを掴んだ気になる、それが過ぎれば実体としては残らずにその残像だけ残る。最初はそれに気がつかないのだ。

しかし、それに気づくようになると熱中している時でさえも罪悪感にさいなまれる。真のイキガイの残像と理解しつつも、真のイキガイができない為にそれに熱中してしまう。時間の浪費というのは完全に脳が理解している。罪悪感があるのにやめられない。酒や煙草と同じ種類の物と考えれば、よりよく理解できるだろう。

今日も動画投稿サイトの中の美しい女性歌手が歌っている。現実はもう彼女は死んでいる。だが、今、あのレベルの美貌の持ち主は殆どいない。現実の女は美しくない。現実の女は醜い。映像の彼女には手軽にアクセスでき、その美貌を絵画のように鑑賞できる。声も美しい。現実には手に入らないものが各種のメディアを通じて簡単に手にはいる事ができる不思議な事だ。

これを考えると現実の世界が本当はものすごく平凡で退屈な世界ではないかと考える時がよくある。メディアが各種の映像や写真や文字や絵画を商売にする事ができるのは実はこの世界は非常に平凡で退屈な世界だからだと感じざるをえない。もし、この世の中が非常に魅力的で冒険と危険に満ちて、美しい女で溢れかえった酒池肉林の世界なら、メディアは成立しないだろう。なぜなら、人々は自分が生きている世界に夢中になるからである。人々が本当に自分の生きている世界に夢中になるならば、誰もメディアが提供する物に夢中になれない。こんなアホみたいな世界に生きているからこそメディアの商売が成立するのだ。

多数の人間はやりたくない仕事に熱中し小金を稼ぎながら、美しくもない女と結婚し、醜いガキを生み、毎日刺激の足らない生活を送り、自分のちっぽけな幸福に不満を言いながら生きている。そして、その不満の解消につけこんでいるのがメディアだ。

メディアは麻薬を大量に生産する。現実世界では手に入る事が難しい物を想像の世界ではあるが提供する麻薬。致死性はないが、中毒性はある。私もその麻薬に脳を侵されている。麻薬を断ち切りたい。なんとか現実の世界に戻りたい。現実の世界で彼女（美しい女性歌手）のような女と結婚したい。現実の世界でゲームの勇者のように世界を救出した英雄扱いをされたい。しかし、現実は厳しい。美しい女を手に入れるにも競争がある。そして、勇者のようになるには東大に入って、その後は厳しい出世競争に勝ち残らなければならない。更に多数の人間は勝ち残ったとしても五十代の爺になって初めてその地位を手に入れる事ができるのだ。美女にクリックだけで簡単にアクセスでき、一週間もあれば、世界の敵を倒し、英雄になれる世界に私達は住んではいないのである。だが、私は困難かもしれない真のイキガイ探しの為にこの麻薬を断って、現実を充実させたい。しかし、今日は疲れた。もうこれ以上考えるのはよそう。私は母親の作った美味しそうな飯を食い、近所の仲の良い野良猫を触りながら、子供のようにスヤスヤと眠った。

その後、数日間、私はこの麻薬を断ち切る方法を考えた。まず、動画投稿サイトの好きなムービーやパソコンに保存した好きな画像等を破棄し、巨大なインターネット匿名掲示板を見る事も含めてパソコンにアクセスするのは自分が真のイキガイを見つけるのに必要な情報を探す時だけだと心に強く決心した。そして、テレビも真のイキガイ探しになりそうな番組を見られるとき以外のアクセスは禁じ、ゲームはきっぱりとやめた。そして、暫くは真のイキガイ探しを効率的にやれるのではないかと感じ、自分の頭の良さは人類の中でもトップクラスであると思い込んだ。そのような状態の中、暇でクサクサしている時にちょうど母親が来た。

「退屈だ、なんとかならんかなあ」

「働きなさい」と母は呆れ顔で言った。

「真のイキガイがない労働はしたくない」

「また始まった、そんなに働きたくなければ死ねばいいのに」

「それが親の言う事かよ」と私は鼻糞を丸めながら、母親にそれを投げつけた。

母親は怒って家庭の医療辞典を投げつけてきた。僕はそれを鯰が地震を察知したかのように、素早くよけた。

「退屈だ。何か面白い事を話して」

「自分で探せ」

「野良猫でもいじってこようかなあ」

「それはやめてくれ。最近、近所で野良猫が行方不明になり、酷い殺され方をしているんだ」

「まさか、野良猫を殺したのを私と思っているのか？」

「そうとは思ってないが、まず中年のお前が疑われるだろう。小学生が野良猫を触るのは普通なんだよ。だがお前が触ると不気味なんだよ」

「じゃあ、近所の女子小学生とケイドロ遊びしてこよう」

「それは頼むから止めてくれ、本当に警察に捕まりかねない」

「差別じゃないかよ。大人と子供が遊んでどこが悪いんだよ。じゃあどこかの家にピンポンダッシュしてこよう」

「お前は小学生か？」

このような様子に日常がなってしまった。メディアという麻薬を絶ったとたんに母親をいじくる事しかする事が無くなってしまった。確かに麻薬を絶ったら真のイキガイ探しは暫くの間は効率的に行えるようになった。あくまで暫くの間だけだった。真のイキガイ探しをしていると当然、見つからないという壁にあたってくる。見つからないという壁にぶち当たるとしばらくどうすれば良いのか考える。そして、考えても結論がつかないから飽きる。したがって、暇だから母親をいじくる毎日になってしまった。

しかし、メディアの麻薬に浸ると時間を浪費してしまう。時間を浪費するのは惜しい。だが、この退屈が死にそうだ。退屈な世界を脱し、真のイキガイを手に入れたいが為にメディアという麻薬を絶とうと決心したのに真のイキガイを探すどころか、退屈地獄の中に放り込まれるという結果になった。考えても先に進まない問題に対処するにはむしろメディアという麻薬に浸りながら、多少時間を無駄にしても真のイキガイを探す方法が優れているのではないかと感じるようになった。世の中はなかなか難しいものだ。メディアの麻薬と真のイキガイ探しの両方のバランスをうまく調整しながら、探す方法はあるのだろうかと考えている時に、僕のスマートフォンが鳴った。

プルルルルルルルルルル

「もしもし」

「俺、俺、俺」

「俺って誰よ。オレオレ詐欺か？」

「違うよ。おまえ、大学時代の親友の石嶺だよ」

「そんな事言わなくても、わかっているよ。着信履歴に名前が出るだろが」

「なら、オレオレ詐欺とか言うなよ」

「冗談だよ。大学時代の友人の電話を歓迎するジョークさ」と私は目を輝かせながら、人間的つながりを持つ事に飢えているのを丸出しで話した。

「で、さあ、今回電話したのは久しぶりに大学のサークルのみんなと一緒に飲み会をしないかという企画があってそれで電話したのよ」

「飲み会かあ、久しぶりだなあ。そう言えばみんなと会ったのは十年前以来じゃないの、おまえとかごく一部の仲の良い奴とはわりと会っているんだが」

「そうなんだよ、久しぶりにサークルみんなが集まるんだ。もうみんな三十代だから結婚して子供を持っている奴も沢山いると思うよ」

「わかった。でいつ集まるのさ」

「ゴールデンウィークの五月二日さ」

「いいよ。私も行くわ。何か面白そうだしね」

「じゃあ、そう言う事で当日よろしく。約束忘れないでね」

「わかった」

「じゃあ、またね」

「じゃあね」と私が言うと同時に大きな「ガッチャン」という音を立てて受話器が切れた。相変わらず、せっかちな奴だと私は大学時代の事を思い出しながら、感じた。

それにしても、急に飲み会とは・・・。みんなと最後に会ったのは十年前で私が二十七歳の時だったなあ。あの頃はみんな新人の部類で希望に満ちていたな。出世したいとか色々な仕事をしてキャリアアップをしたいとか夢があった。今でもその夢を持ち続けているのだろうか気になる。ただ、私はアウトコースした。資本が最も必要としない人間になってしまった。金も使わない、働きもしない。おまけに結婚する気もない省エネ自由人間になってしまった（笑）。

6

五月二日が来た。私はワクワクした。まるで拳法家が腕試しに強敵を見つけにいくような気分だ。「アチョ、アチョ、アチョ、私に勝てるものは誰もいない」と大声で叫びながらシャワーを浴びていた。まあ、周りからは頭がおかしくなったように感じるかもしれないが、十年ぶりの同窓会で圧倒的な差がつけられていたら、どうしてもやるせない気持ちになる。その気持ちを誤魔化す為にもこのような気合の入れ方は素晴らしい物だ。

ただ、石嶺は普段から会っているからそんなに変わらない事は知っている。相変わらずの自由人間である。会社で出世する気もないし、キャリアアップする気もない。ただ遊びたいだけで貯金も殆どしない。もちろん、結婚願望はかけらもない。女を引っ掛けてヤリ、そして、毎日仕事が終われば泥酔するほど酒を飲み寝るだけ。まるで童話にでてくるキリギリスのような生活をしている男だ。もちろん、服にも凝っている。夜空のキラ星のようにブランドの服を多数所有する。ボーナス全額をつぎ込むくらいだ。更に金が足らなければ女に貢がせればいいと思っている。それにもてるので貢がせる女には困らない。

私はこんな奴としか親友になれない人種なのかなと時折感じてしまう事がある。私もこいつと同じ自由人間。だから自由人間同士気が合うのかなと。ただ自由な所以外はまったく違うが・・・。彼は娯楽に下等なイキガイを求められた人間である。彼にとって娯楽がすべてだ。いかに娯楽を味わうかが重要で、娯楽の為に嫌な仕事をする奴だ。普通の人間と違うのは娯楽に命を賭けている所だ。普通の人間は貯金をし、結婚をして子供を作り、将来の災いに備える。しかし、奴は違う。将来の災いより、瞬間の享楽。つまり、瞬間の強いエクスタシーが最も大切なのだ。将来なんて何も気にしていない。

それに対して、私は全く違う性格を持っている。奴と同じ一瞬のエクスタシーを大切にしている事は間違いない。ただ、その一瞬のエクスタシーを手に入れるためには長期間に亘る茨のような苦労を伴わなければ満足できない人なのだ。茨のような苦労こそが一瞬のエクスタシーに大きな喜びを与えてくれるスパイスとなるのである。つまり、簡単に手に入る物には興味を示さないのだ。ロシアの大作家ドストエフスキー風に言うなら、「絶望の中にも焼けつくような強烈な快感」があるとでもいうのだろうか？　だから、働いた金で手に入る酒やブランド物の衣服にはあまり興味がない。又、働く事にも強烈な絶望はない。ただ、虚無があるだけだ。「何の為に生きているのだろうか？」という虚しさがあるだけだ。そうこうと考えながら着ていく上着やズボン、靴下、靴等を準備している間に玄関から「ピンポーン」と音が鳴った。

「石嶺だが、迎えにきたぜ」

「おお、迎えに来てくれてありがとう。今、ちょうど服を着替えたところだよ」

「相変わらず、ダサい服をきているな」

「失礼な奴だな。近所の店で買ったのに」

「まあ、いいや、良い服を着ているから友達になった訳ではないしな。俺の女の前だけ、お前を見せなければ良い。ただそれだけだ」

私は苦笑いしながら、石嶺の貧乏だが見栄を精一杯はりたい気持ちに溢れた中古のベンツに乗った。飲み会の開催時間は夜七時だった。場所は私の家から車で三十分程度だった。そこまで石嶺は慣れた手つきで時折、煙草を吸いながら運転をした。

「みんな久しぶりだなあ。やっぱりかわっちまったかな。性格までも」

「性格まで変わるわけないだろ。俺らは二十七歳までの完成された大人の時に一回会っているんだぜ。変わるわけないだろ」

「否、でも少しくらい変わるかもしれんだろ。結婚をして、社会に責任がある立場になっている子も沢山いるんだから」

「性格まで変わるわけない。ただ、社会に諦めて何に妥協して、何が正しくてという価値観が固定しただけさ。ようは固まったんだよ。考え方が」

「そうかもしれんな、性格はなかなか変わらないからなあ」

「あいつらは大人になったんだよ。俺らみたいな子供じゃない」

「俺達が子供？　俺らはお互い思考は違うが、一度しかない人生の中で充実感を求めたい人種で別に子供じゃないだろが」

「違うね。俺達はわがままなのさ。自分の好きな事をしないでは生きられない。サークルの他の奴らは何かの為に何かを諦める必要があるのを知っているんだ。俺らみたいにわがままの欲張りじゃない。ようは大人なんだよ。言いたい事も言わない。やりたい事もしない。それで得られる幸せと安定に満足しているんだ。それが本当に幸せかどうかなんて本人もわかっていないだろうし、神様もわからんかもしれんな」

「なるほどな。俺達はわがままなのか。わがまま万歳。結婚、住宅ローン、会社くそったれ主義だな」

「ハハハハハハハハ、まあそう言う事さ」と石嶺は上機嫌に煙草を灰皿に押しつけながら話した。

暫くして、車が繁華街で賑やかな駐車場に着いた。そして、石嶺と私は一緒に車を出て、五分程度歩いた。飲み屋は繁華街のちょうど真ん中にあった。飲み屋はチェーン店で私達が学生時代によく利用したのと変わらないくらいありふれた店だ。社会人になってもこういう店を利用しなければならないとは金ができても、金を使えない責任があるんだなと感じざるをえなかった。住宅ローンの頭金も子供の教育資金も貯めなければならないしな。

「ひさしぶり、元気していた？」

「おおお、京子じゃないか、大人びたな」とババアになったと感じたが、そうは言わずに言葉を濁した。「後ろにいるのは誰、京子の子供か？」

「そうだよ。私の子供。五歳よ。来年、小学生なんだ」

「みんな、大人になっていくなあ。何か感慨深いなあ」と私だけが二十七歳の時点で時が止まり、取り残されたように感じたが、その事を顔には出さなかった。

「そうよ、みんな大人になっていくの。心も体もね」

「時間が経つのは早いもんだ。特に二十歳を過ぎてからは時間が経つのが早すぎる」

「まあ、ババアになりたくないのに、ババアになるのは苦痛だわ」

「そんな事をいうなよ。京子。おまえはいつまでも美人さ。五十歳になってもね」

「まあ、おべっかの上手い事は昔から変わらないよね」

「ハハハハハハハハハハ、美人の癖にあいも変わらずに毒舌だな」と言った瞬間に私の右肩を誰かが叩いた。そして、直ぐに振り向くと。「よう、誰かと思ったが」

「十年ぶりだなあ。久しぶり」

「太ったなあ、林、完全におデブちゃんじゃないか・・。それに髪も薄くなって」

「中年太りだよ、中年太り。おまけにあんたが指摘したとおりのちょっぴりハゲさ。年とって結婚もしたら、容姿の事なんてもうどうでもよくなるんだよ。かっこよくても女の子とつきあえるわけでもないしな」

「そういえば、お前結婚したんだっけなあ。三年ほど前に写真つきの葉書がきたっけ」

「そうだよ。三年前に結婚したんだ。まだ子供はいないがね。おまえ結婚しないのか？」

「収入もない人間が結婚する訳がないだろ」

「そうか働いていないんだったな。ちゃんと働いたら？　人生の道が開けるかもしれんぞ」

「それも考えない事もないんだがね。いまいち働く気にはなれないんだ。働く事で得られる目的がないからね」

「働く事で結婚もできるし、子供も作れる。それに老後の蓄え等将来に備えられるだろう。それが大きな目的にはならないのか？」

「お前の言いたい事はよくわかる。しかし、どうしてもどうしてもそれに納得できないんだよ」

その後、他の旧友との会話が続き、場の空気はひさしぶりのなつかしい再会を果たした喜びで満ち溢れた。殆どのメンバーが結婚していたし、社会である程度の地位についていた。また、少数だけが社会から距離を置いていたが、何とか職を見つけてレールに乗ろうと必死にあがいていた。しかし、私だけが真のイキガイを見つけようと必死だった。レールからはずれたところにしかない真のイキガイを見つけようと必死だった。後、例外的に石嶺だけがレールからはずれた下等なイキガイを見つけ、サラリーマンみたいに表面上だけではなく、本当に楽しく生きていると私からは見えた。

全体的に、みんな大人になっていた。みんなは学生が描きそうな夢はまったく抱いていなかった。現実の中で生きていた。学生は現実社会と区別された所にいる。現実を見ていないからこそ大きな夢を語れる。それは夢を持ちなさいだとか大人が建前で作った美辞麗句に騙されているのが原因かもしれない。そして、子供ゆえの経験不足が原因かもしれない。また、子供の頃の方がより大きな夢を語れる。大学生より高校生が高校生より中学生が中学生より小学生が大きな夢を語る事ができる。そして、社会人より大学生も同じだ。それは現実を知らないから夢を語る事ができる。現実を知らない時、人は夢を抱く事ができる。現実を知らない時、人は希望を持てる。

そういえば、小学生時代、卒業文集にブスの女が将来の夢、「スーパーモデルになりたい」だとか意味のわからん事を書いていたのを思い出した。どうみてもあの骨格と顔では成長して、大人になっても無理だろう。でも、本人は現実を知らないからなれるかもしれないと考える。

そういえば、中学生時代の卒業文集に「プロサッカー選手になりたい」と将来の夢に書いていた奴がいたが、結局は挫折した。確かに彼は中学生としてはサッカーが上手かった。学年で一番上手かった。しかし、学年で一番サッカーが上手い奴を集めて、より上手い奴がプロになる世界ではやっぱり、下手だったのだ。だが、本人はその自分の才能の無さを経験によって実感できるまでは自分はプロサッカー選手になれると希望を抱いた。子供だから抱ける薄くて、はかなくて、破れやすい夢だった。

そういえば、高校時代の卒業文集にただ「生きたい」と将来の夢に書いていた女の子がいたが、あの子は生きられただろうか？　小学校時代から知っていた子だったが、自分の本心を出さずに分厚い壁を作り、更には気弱でブスだったので友達は小・中・高といなかった。あの子は今、生きているのだろうか？　否、彼女は二十歳の誕生日に自殺したらしい。人間の顔や性格はそう簡単に変化できるものではない。高校生だからこそ、生きられるという甘い夢を語ったのだろうか？

しかし、三十七歳の中年になった私達は誰もそんな夢は抱いていない。現実の中で生きている。だから、サークルの皆に夢を語る人は誰もいなかった。二十七歳であった時は将来独立して、会社を作って、上場させるという夢を語る奴が少数いた。今は誰も夢を語らなかった。

私にとってそれが少し寂しく感じられた。サークルの皆が今やっている事は夢を追っていく事ではなかった。私の言葉で言えば真のイキガイを追求する事ではなかった。

彼らは日々のつまらなくて安全な日常をどう生きるかしか頭になかった。安全であるがゆえのつまらない幸福に執着しているように思えた。

私は彼らを馬鹿にしているかもしれない。しかし、同時に彼らの安全なちっぽけな幸せがとても羨ましく感じる事もある。彼らは会社という組織に目的を作ってもらえ、会社から与えられた規律で統制され、会社から収入と安全を約束される。それは確かに一部の野心家にはアホみたいな物だが、普通の人にはとても大切な物だ。

一部のエリートだけが、自分で自分の目的を作り、他人から規律を作られる事なく、自分で作った規律で自分を非常に厳しく統制する事ができる。おまけに勇気も持ち合わせ、厳しい現実から夢を達成できる教養や運そして打たれ強さ等に恵まれている。私はそういったエリートになりたいと強く希望していたが、彼らと同じくなれないような気がした。サラリーマンになる為に面接でも受けてみようか、エリートより駒としての安全な幸せでもいいではないか？　そういう気持ちがどっと胸の奥から火山のマグマのように突然吹きかえり、同時に大量の涙が頬をたれた。そうだ。それでいいんだ。私は将棋の歩なんだ。

7

ある朝、求人サイトに応募してみた。今まで営業畑で転職を繰り返していた私はやっぱり営業で食っていくしかないと思いながら、営業を中心にネットを閲覧していた。

三十七歳になるとやはり年功序列の指揮系統を維持する事や社風に染めるというのを

重視する日本の企業では年齢制限で応募できない職が徐々に多くなってくる。若ければ、若いほど自分がない人が多いので企業の駒としては扱いやすい。今回は厳しい就職活動になりそうだ。おまけに有名私大を卒業しているというプライドから中はともかく、小企業は避けたいという願望が出てくる。それに肉体作業も。プライドさえ邪魔しなければ就職は早く決まるだろう。だが、駒の中でも地位の高い駒になりたいというちっぽけな願望が捨てきれない。エリートになれなければ、少しでも地位の高い駒になりたいという願望だ。

とりあえず、何件か応募した。それも見栄を張れる大企業ばかりだ。だから、応募できる企業も少しだけだった。三件応募してみた。果たして、何件書類選考を通過する事ができるのだろうか？

暫くすると、書類選考の結果が返ってきた。すべて不合格だった。内容は「○○様、この度は弊社にご応募いただきありがとうございました。さて、お送りいただいた貴殿の情報をもとに、社内で慎重に検討いたしましたが、誠に残念ながら貴意に添えない結果となりました。何卒ご了承くださいますようお願い申し上げます。末筆になりますが、貴殿の今後の益々のご活躍をお祈り申し上げます」だ。何の独自性もない文面。偽善極まりない文面。どうせ不合格者には何も考えずにコピーペーストして大量に送信しているんだろう。どうせならこう書いてくれる方が嬉しいのに。「○○様、この度は弊社にご応募いただきありがとうございました。さて、お送りいただいた貴殿の情報をもとに社内で慎重に検討いたしましたが、貴殿は当社の給与及び労働条件や社風に馴染める可能性は少なく、不平不満をたれながら会社を馬鹿にして辞める可能性が高いので貴意に添えない結果となりました。末筆になりますが、貴殿の今後について当社は一切保障しませんので勝手に生きてください」と。とりあえず、大企業とやらは三件すべて書類選考で落ちた。

「おかん、書類選考にすべて落ちた」

「職業を選んでいるからだよ」

「まだ、三十代と若いんだから職業選びたいんだよ。三十代までなら、なんとか正社員の職業は選択できるし、少しプライドもあるし」

「何を言っているんだい。もう正社員で働く事が困難な時代なんだよ。派遣や契約社員でもいいじゃない」

「嫌だよ。少しでも条件が良いところで働きたいし、みんなに大企業に勤めているんだと自慢できるようなところで働きたい」

「まだおっさんになっても子供なんだね」

「おかんがそういうふうにわがままに育てたんじゃないの」と私は笑みを浮かべな

がら話しかけた。

「何をいっているんだい。わがままに育てた覚えは無いよ。わがままになったのはお前自身の問題じゃないのかね」

「否、違うよ。遺伝子。遺伝子だよ」

「なんでも自分以外の責任にするんだねえ。困った子だ」

「自分以外の責任の方が気は楽だしね。自分を責めるとしんどくなる。それに自分の責任だって数学によって証明されたわけではないしね」

「そんな屁理屈が会社に通用するとでも思っているの？」

「通用すると思ってないよ。会社では駒を装うのさ。面従腹背さ」

次の週には再度、企業のランクを少し落として応募してみた。新卒が集まりにくい中企業に多数応募してみた。さすがにこのランクになると求人サイトにもわりとたくさんある。十件応募してみた。何件合格するだろうか？　ただ、中企業以下は法律を守ってない会社も多数現れてくる為にあまり行きたくないのは確かだ。ワンマン社長の独裁も多い。独裁がまかりとおると言う事はすべてが社長の顔色で決まるという事だ。鹿であっても社長が馬と言えば、それは馬なのである。

この事を考えていると、ふと昔の事が思い浮かんだ。大学生の頃、わりと大学教授と親しかったのでよく話をしていた。その論理的思考能力、学識や教養の高さには舌を良く巻いたが、いかんせん人の顔色を見る事に非常に無頓着な人が多いという欠陥があると感じた。また、社会にでてからサラリーマンの課長や部長ともよく話をしたが、彼らは論理的思考能力も学識も教養の高さもあまり無いが、人の顔色を見るのがものすごくうまかったし、非常にその事を意識していた。大学教授やサラリーマン中間管理職もやっぱり長年つちかってきた能力がでるなあと実感しざるをえなかった。

私はサラリーマンとして駒をやる以上は論理的思考能力や学識より人の顔色をうかがう能力を磨いていかなくてはサラリーマンとして生きていけないと非常に感じた。

そして、創業が古い企業であれば無能でも社長は誰でも勤まるのではないかとも感じた。つまり、徳川幕府と同じだ。家康が地盤を固めてしまえば、後はアホの将軍でも誰でもある程度はうまくまわせると言うものだ。一旦、有能な創業期の社長が地盤を固めさえすれば、その地盤を維持していくのはわりと容易な事と感じられる。特に大企業であればあるほどだ。大企業であればあるほど、資金に余裕があるし、製品や社名にブランドがあるし、基盤がしっかり固まっている。従業員も中小企業と比べて多いので会社が潰れそうになれば、社員の首をきって組織を維持できるようになっている。誰でも経営できると言う事は原則的に健常者であれば、誰が社長になってもよいと言う事だ。そして、誰が社長になってもよいという事は能力よりも人の顔色をうかがう人間の方が出世しやすいと言う事だ。しかし、例外的に会社に危機が訪れた時には人の顔色をうかがう人間では社長になれる事は少ないだろうなと感じられる。中国で乱世の時代に幼い皇帝ではこの国は生き残れないと禅譲を高級軍人から強制されたどこぞの人のように。

十件応募中、二件書類選考に合格し、一次面接に呼ばれた。久しぶりの一次面接だ。さてどんな事を答えようか。志望動機かあ。本音の志望動機の内容、私は他人から規律を与えられないと行動できないし、何をやりたいかの目的も誰かに与えられなければはっきりしないし、リスクより安全を重視し、小金でちっぽけな幸せを手に入れたいからなのだが、それを言うと間違いなく落とされるので上手い志望動機を考えなくては・・・。数日間試行錯誤したが、結局、志望動機は何をその会社でやりたいかを明確にして行く事が無難に感じられた。それも抽象的な動機ではなく、具体的な動機の方がより強い印象を面接官に与える事ができるだろう。

あれから、一週間が過ぎた。とうとう最初の面接日がやってきた。最初の会社は中規模の投資用マンションの営業会社だった。久しぶりに朝、シャワーを浴びてスーツに着替えた。そして、自転車に飛び乗り、面接会場に向かった。面接会場は大きなビルの三階にあった。どうやら会議室で面接をするらしい。私は勇んで会議室のドアを三回ノックした。

「どうぞ」

「失礼いたします。私は木村と申します、よろしくお願いします」

「座って」と多少高慢な声で言った後、面接官は私の履歴書と職務経歴書を見た。そして、暫く沈黙が続いた。「ギャハハハハハハハハハハ」と突然、面接官は笑い出した。あくまで人を見下した露骨な笑い方だった。その笑い方はあくまで視野が狭く、頭のあまりの悪さを感じさせる笑い方だった。「君、よくこのボロボロの職歴で書類選考を通ったね。この会社は厳しいよ。生き残っているのは自衛隊とか○○（有名なブラック企業）の出身者ばかりだよ。みんなストレスでぶくぶくに太ってきたり、もしくはガリガリに痩せてきたりしているし」と上から目線で話しかけてきた。

その瞬間、私は侮辱されたと思って、会議室の机をおもいっきり、足で蹴り上げた。その勢いで机は裏側にひっくり返り、履歴書等の書類が床に散乱した。面接会場は沈黙に包まれた。それからの面接はグタグタだった。面接官も怒って、やる気がなかったし、私もまともに返事する気もなかった。

面接は五分で終わった。私は落ちたというショックよりもあの面接官の幼少時からの思想の変遷が非常に気になった。あの面接官はどの時点で営業を真に偉大な仕事と思ったのだろうか？　そして、真に偉大でない仕事をする為にぶくぶく太ったり、ガリガリに痩せたりするほどのストレスをためる事がどれほど素晴らしいといつの時点でそう思ったのだろうか？　小学生時代かそれとも中学生、否、高校生、大学生、もしくは社会人になってからだろうか？　私が思うには学生時代からそのような考え方をしているとは当然思えないと考えた。あの面接官も学生時代には夢があったのだろう。しかし、厳しい社会があの面接官を会社の駒に変化させた。そして、兵隊になったあの面接官は自分の生き方を肯定し始めた。しかし、無意識の中では俺の生き方はこれで本当に良いのだろうかと囁いていた。悪魔の誘惑、否、考え方によっては天使の誘惑かもしれない。結局、その誘惑はあの面接官の弱さの為に彼の心を魅了する事ができなかった。あの面接官は誘惑を封印した。そして封印した後に残ったのは封印した事は素晴らしい選択だったと自分に言い聞かせる為の悲しい自己肯定であった。

私はそう考えると、面接官への憎しみは急に消えてしまった。これから自分がなろうとしているのはあの面接官であると思うからだ。もし私が就職して、長い年月が経ったら同じ考え方をするのだろうか？　彼は私の未来の姿なのだろうか？　私も彼と同じに真のイキガイという夢を追いかける人を嘲笑するちんけな人間になるのだろうか？　この晩、私は釈然としない気持ちが続いた。又、体全身が疲労感でぐったりした。「彼は私の未来の姿、かあ」「私は彼の過去の姿」「彼は私の未来の姿」「私は彼の過去の姿」と私はこの言葉を何度も何度も頭の中で繰り返した。青少年期の若者が天空を飛翔しようとした後の最後の墓場があの面接官。悲しいが殆どの若者の現実。野心ある若者が腹の出っ張ったおっさんになった時の現実。

8

次の面接まで二週間程の時間があったのでしばらくの間、ボケーとしたくなってきた。それで物足りなければ、公園で猫でも触るか、それともブランコに乗りながら、大空でも見て気分をすっきりさせようかと色々思案をしていた。空かあ、空は素晴らしい。空を見ていると何もかも嫌な事を忘れるなあ。すべてがちっぽけに感じられる。とりあえず、公園に行ってみよう。何も私の悩みを解決する事はできないと感じるが、気分くらいはスッキリするはずだ。

今日は歩いて、近くの公園に向かった。自転車で行くほうが時間はかからないが、あまりに運動しないとストレスが溜まるので歩く事にした。服装は歯磨き粉のついたパジャマのままで歩いた。この服装で歩くのは近所の評判を悪くする事は知っていたが、気にはならなかった。気にするほどの精神的余裕もなかった。

公園についた直後、すぐにブランコに座った。青空は綺麗だった。私の心とは正反対に青く澄み、その青みには他の何色も混ざっていないほど純粋な青だった。暫くの間、その青色を隅々まで首を上げて眺めていた。そして、ふと首を下げた時に蟻が見えた。蟻が一生懸命に弱った蝶を攻撃しているのが見えた。それは生への執着であり、生存を勝ち取る為の闘争でもあった。

私は昆虫の世界を見る時にちっぽけな狭い世界で生きているな。こいつらは宇宙の事も知らないし、水が酸素と水素でできている事も知らないと見下しながら見ている。

時に、この昆虫はいつか死ぬ存在である事を理解できているのだろうかなと感じる事もある。もし、人間よりはるかに高等な生命体が人間を見る時にはどのように感じるのだろうか？　人間が昆虫を見るのと同じように感じるのだろうか？　人間の生への執着をちっぽけな物と感じ、人間は死ぬ事は知っているが、生まれ変わる事は知らないと馬鹿にしだすのだろうかと色々と考えていた。私は無意識的に蟻を踏んでみた。数十四の蟻の内臓と目の玉が飛び出し、手足がバラバラになった。しかし、蟻達は殆ど逃げようとせず、獲物の蝶に夢中になっていた。人間が未来の事がわからないように・・・・。

次の面接の日がやってきた。次の会社は事務機器の販売会社だった。さすがに面接に行くのに歯磨き粉のついたパジャマで行くわけにはいかないので、いつものように清潔に髪を整えてスーツで会社に向かった。今日の面接はその会社の本社の個室で行われるらしい。

私はノック後、個室のドアを勢いよく開けた。ドアを開けた瞬間に空気は変わった。面接官は私をじっと見ていた。犯罪者を見るように見ていた。更にあの目はカタギの一般人が殺人・レイプ・強盗等を犯した前科者を見るような目だった。「人を経歴だけで判断しやがって、糞野郎ども！」と私の心は怒りで煮えたぎった。

「私は木村と申します。よろしくお願いします」

「そこに座って。将来の夢は？」と明らかに偉そうな口調で話しかけてきた。

「ないです」

「当社の志望動機は？」

「生きていく為には嫌な仕事をするしかないからです」

「わかった。結果は一週間後に連絡する」

面接は一分で終了した。私が面接官に対して不信感を抱いていたのが相手に伝わったようだった。面接官の態度もかなり悪かったので私が過敏に反応したのが相手にバレていたようだ（あんな受け答え方では当然だろうな。笑）。

私はこの二件の面接を受けて、就職する気が無くなった。暫くは駒としての幸せを得たいという気持ちになったが、会社にあの面接官達のような人間になるように染められるくらいなら、自分の色は自分で染めたいと強く考えるようになった。会社に就職するという事は自分の常識、感性等の価値観を会社の色に染められる事になる。

私は会社が染める前に家族によって色を染められてきた。しかし、家族が染めてきた色に中学時代から反抗し始めた。徹底的に反抗した。特に母親への反抗は凄かった。母親のあらゆる事に疑問を持つようになった。そして、家族の後は友人達や歴史の偉人の生き様や本に染められてきた。それも家族から染められた色を徹底的に否定した後は私の独自の価値観で友人等から色を選択した。会社に染められる前に、自分で染まってきたのである。

会社の欲しがる人間は自分で自分の色を決定してきた積極的人間ではない。自分の色を組織から染められてきた受動的人間である。まず、家族や学校や友人に染められ、そして、最後に会社に染められる人間である。会社が染める余地が残っているほど素晴らしい人材である。私には会社が染めようとする余地は殆ど残っていなかった。黒い布のように・・・・。

私はやはり駒にはむかなかった。あの面接官達がもし尊敬できる人達ならば、少しは彼らの色に染まって良いと考えたかもしれない。幸運か不幸かどちらか判断はできないが、これらの面接官はまったく尊敬できるような人間ではなかった。

次の朝、私は悩んだ。駒にもなれない、エリートにもなれない人間が私だという事を薄っすらと感じてしまったからだ。このような中途半端な私がどのようにしてこの厳しい世の中を渡っていく事ができるのであろうか？　真のイキガイを求めているが、駒としての下等なイキガイもエリートとしての真のイキガイも追求する事ができないのだ。このような人間が真のイキガイを求める方法はあるのか？　真のイキガイもなく、毎日昼まで寝る。そして、正社員じゃなく、フリーターとして適当に働く生き方もあるのではないか？　だが、プライドが許さない。近頃、私は酒量が多くなってきた。エリートにも駒にもなれない人間が何をすればいいのか思いつかなくなっていた。そういった人間を観察すると、皆が駒よりも底辺の人間である事を発見したのが理由だ。

社会がエリート・駒の両方になれない人間を収容する場所は三つしかない。フリーター等にして安い使い捨ての労働力にするか、路上で空き缶を集めるか、刑務所に収容されるかだ。ブラック企業にすら相手にされない。ブラック企業は長時間、安い賃金で働く純粋な奴隷を求めている。私のような駒になれないひねくれた奴に勤まるわけがない（そこが逆説的であるが、嬉しい部分だ。ブラック企業ならば、フリーター、ニート、刑務所の方がましだ）。

ただ、親が居て金銭的余裕があるとか、親族から援助を受けられる場合は家に引きこもる事ができる。これが私の現状だ。この現状は比較的幸福であるとも考えられる。この状態がなくなれば、駒になるチャンスすらも無くなる。親が生きているうちにこの状態を抜け出さなければならない。しかし、抜け出す方法が見つからない。だから酒を飲むの悪循環だ。

昔、子供の時にアルコール中毒の初老の親戚がいた。彼は幼い時に事故により右足が動かなく、歩く事ができなかった。子供の頃から劣等感の塊だったのだろう。社会は彼を受け入れなかった。受け入れない社会に対してできるのは酒で逃げる事それだけだ。私は子供だったので彼の気持ちはまったく理解できなかった。

しかし、今となっては別だ。大人になった私は彼を十分理解できる。彼とは関係ない事で私にしか関わり無い事だが、特に日本の社会は一度失敗するとチャンスが殆ど無い閉鎖的社会である。アメリカのような流動的にチャンスがまわってくるような社会ではない。日本の学歴は高卒時の学力できまり、就職は新卒できまる。新卒以外の就職先は殆ど離職率の高いブラック企業ってわけだ。チャンスを一度取り逃がすと、チャンスが殆どないので一生便所の底ってわけだ。

便所の底から上がるには強くなくてはいけない事は知っている。惨めさに耐える強さ、物事を楽観的に考える強さのすべてが必要だ。自分の惨めさに耐えられず、物事を楽観的に考えられなければ、酒に頼るしかない。そして、酒で満足できなければ、薬物ってわけだ。便所の底の底、つまり下水管の糞だめへと転落する事になる。

　初老の親戚にはその強さがなかった。薬物にまでは手をださなかったが、酒毒による肝硬変で死んだ。もう二十五年も前の事になる。今、私は酒におぼれている。このまま初老の親戚のようになるかはわからない。世間は私の社会的地位や収入の低さを嘲笑するかもしれない。嘲笑に対して努力してもはい上がれなければ、酒や薬物に手をだす。それはいけない。人に笑われながらも底辺で生きていく方法もあるのではないか？　人生を努力して生き、駄目だったら底辺で生きていく強さがあっても良いではないか？　とも私は考える。落ちぶれた政治家・ブルジョワジー・芸能人が底辺で生きていく事が我慢できなくて、自殺するニュースを近頃よく耳にする。彼らも私の初老の親戚のように人に嘲笑されても底辺で生きるという強さを持ちえなかったのだろう。私はたとえ事故で知的障害者になり、全身麻痺になったとしても、生きられるという強さが欲しいと願っている。そういう強さをなんとかして身につけたい。

9

面接に落ちてから暫くの時が流れた。又、いつもと変わらない日常だ。時間だけが過ぎていく、時間と言うのは残酷だ。美しい女を婆と変え、強者を弱者へと変化させる。おまけに最近は時間が流れるのが異常に早い。小学生の時、時間は緩慢に流れていた。夏休みが来るのが異常に長い。しかし、今は時間が早く流れすぎる。一年が小学生の三ヶ月と同じくらいの長さに感じられる。

あまりにも時間が早く流れるので何もその間に進展しない自分の人生に余計な焦りが生まれる。時間が経つのが遅ければ、少しはこの焦りも無くなるだろうに・・・。この焦りという不安感がどうも拭えなくなってきているのが現実だと朝から考えていたが、他の皆はこういう不安感とどう戦っているのかと気になってきた。とりあえず電話でもして、石嶺にでも聞いてみるか。

「おい、木村だ」

「久しぶりだな、元気していたか？　俺はあんまり連絡がなかったんで自殺したんかなと思ったぜ」

「自殺なんてするわけないだろうが」

「まあ、おまえが自殺なんてするわけはないわな。打たれ強さだけが取り柄だからな。ところでなんの用だ？」

「すこし、悩み事があってね」

「どうせ、くだらない悩み事だろう。又、哲学か？」

「まあ、それに近いかな」

「やれやれだぜ。で、なんだ？」

「最近、時間が経つのが異常に早く感じるんだよ。その分、人生に新たな展開が開けないから余計にしんどい。なんとかならないか？」

「けっ、また、くだらない事言うなあ」

「しけた言い方をするなよ。友達だろ」

「友達？　友達だが、俺に取ったらお前は貧乏神みたいな奴ともいえるわな」と石嶺は笑いながら話した。「まあ、時間の流れるのが早いっていうのは俺らがおっさんになった証拠だわ」

「なぜ、そんな事がわかるんだよ?」

「それはな、十歳の小学生にとって一年は自分の人生の十%であるが、三十七歳のおっさんにとって一年は人生の二%に過ぎないからな」

「なるほど」

「つまりな、俺らおっさんにとってはもう時間が過ぎる事に慣れすぎているんだよ。ガキは時間が過ぎる事に慣れていないんで、なんで時間ってこんなに過ぎるのが長いんだろと感じられるんだ」

「じゃあ、この時間が早く流れすぎるという苦痛をどうやって取り除けば良いと思う?」

「その取り除き方を俺が教えてやろうか?」と何かを企むように、生き生きした目線で話した。「明後日、暇か?」

「私はいつも暇だよ」

「ごめん、聞いた俺が馬鹿だったわ。お前にかぎって暇でない事はないな。明後日、夜の九時に、おまえの自宅で会わないか？」

「どうして？」

「お前に俺流の苦痛の取り除き方を教えてやろう。何かはお楽しみだ」

「わかった、楽しみにしているよ」と私はもう見当はついているよという感じで話した。

「じゃあな」

石嶺の事だから、どうせ快楽で苦痛を紛らわす事くらいしか考えつかないと私は確信したが、その命をかけた快楽主義が好きだったのでしばしば、私はその快楽のお供をした。「石嶺の結論、苦痛は快楽で取り除けってか」と私はほくそ笑みながら言葉を呟いた。

二日後、石嶺が家にやってきた、いつもの派手なブランド物のスーツや靴を着込み、車も高級車だ。ここまできたら、貯蓄が全くないどころか、借金すらしているかもしれない。しかし、悲壮感を全然、人に感じさせないところも彼の長所であり、すごい部分でもある。

「汚い顔だな、十年くらい髭を剃っていないだろう?」

「いつも、すごい挨拶の言葉だな?」

「親しみだ。親しみだ。親しくて、愛情がなければこんな事が言えるわけない」

「親しき仲にも礼儀ありという言葉も聞くが・・・」

「じゃあ親しき仲に髭面ボウボウってのはありかな?」

「ハハハハハハハハハ、これは一本とられたかな(笑)。ちなみに髭は一週間剃っていない」

「俺には十年に見えるがな。ところで急に話が変わるが、時間を遅くする方法を教えてやろうか？」

「なんか良い方法はあるのか？」

「時間が早く流れすぎるというのは日々が充実していないからだ。そして、その日々を充実させるとっておきの方法がある」

「もったいぶらずに早く言えよ！」

「これだよ。これ」

「なんだよ、それは？」

「薬だ」

「麻薬か？　それは犯罪なのでは？」

「違う。合法ドラッグ、危険ドラッグだよ。これをやると日々が充実するぜ。幻覚がでるけどな」

「思うんだが、本当に日々が充実すると時間が遅くなるのか？　普通に考えれば、日々が充実すると時間が早く流れるような気がするのだが・・・・」

「俺はお前と違っていつも忙しくて日々が充実しているんだよ。だから、俺の言う事を聞け！　間違いない」

「確かに、お前は私と逆の人生を歩んできた。一理ある。私にはお前のような経験はない。だから、聞く価値があると思うのは確かなのだが・・・」

「怖いのか？」

「そんな事があるか！」

「嘘つけ！　お前のようなニートが、こんなことはできないはな？　このチキン野郎（臆病者）？」

「私はチキン（臆病者）ではない！　虎だ！　狼だ！　怪獣だ！　ガオオオオオオオオ！！！！」

「冗談はともかく、怪獣なら、試さないか？」

「貰っておくだけ、貰っておこう」

「なんだよ、その上から目線は？」

「とりあえず、貰っておくだけ、貰っておく」

「お前がどうするか楽しみだな（笑）」

「どういう意味だ？」

「チキン（臆病者）のお前が果たしてそれをどうするか楽しみだという事だ」と目を輝かせて言った。「つまりだ。お前は今まで自分の殻の中で生きてきた。その殻を打ち破れるかと言う事だ。具体的に言うなら、お前は常に自分を絶対に安全な所に置いてきた。毛虫や蟻を踏み潰しても、ヤンキー（不良）に喧嘩を売る事はない。巨大なインターネット匿名掲示板で在日朝鮮人を誹謗中傷しても、本人の前では差別発言は絶対しない。想像の中で女をレイプして体中に噛み付いて、歯形をつけても、現実にはレイプどころか痴漢すら絶対にしないという奴だ。その殻を打ち破れるかという事だ」

「私はそんな奴じゃないぞ。昔、むかつく会社の上司に襲い掛かった事がある」

「それはもう二十代前半の若い時だろが？　今、君は何歳になっているんだ？　誰でも若い時は多少無鉄砲な時期がある」

「何を言う！　私は今でも鋭いナイフだぜ！　私の刃は鈍ってないぜ！」

「否、お前の刃は鈍っている。世界征服が夢と言っているどんな凶悪なヤンキー（

不良）もたいてい大工や土木作業員や工場労働者になり、おとなしくなって暮らしてゆく。つまり、若い時よりは多少は利口になるという事だ。俺はお前のナイフのように尖っていた若い頃が大好きだ。だから、それに戻してやりたいんだよ。親心みたいなもんだ。その時の方が今のお前より輝いていた。今のお前は自分を自分で見た事があるか？」

「否、自分で自分を見る事はあるが、お前のような視点で確認した事はない」

「そのでっぱった腹。すべてが駄目だと言わんばかりのペシミズムが漂う空気。まさにおっさん。駄目なおっさん。駄目おっさん。俺はその駄目おっさんであるお前に若返りの薬をあげたいんだよ。その鈍った刃を尖らせてやりたいんだよ」

「余計なお世話だ」

「とりあえず、俺はこれで用があるから消えるな。薬のやり方はネットに書いてあるから、そこを見てくれ。なんとかなるだろう。じゃあな」

石嶺は私に幾つかの危険ドラッグを袋と共に手渡してくれた。そして、車の方に歩いていった。私はその手渡された危険ドラッグを見ながら、好奇心と恐怖と罪悪感が混じった気持ちに捕らわれていた。石嶺は更に遠くに歩いていき、姿が薄っすらと闇の中に消えていった。

私は一人ぼっちになった。しかし、私の手の中にはしっかりと握られた薬があった。私はこの薬を見ながら、もしかしたら、私が今まで一番求めていた真のイキガイを手にいれる事ができるかもしれないと感じた。可能性は低く、危険はあるのだが・・・。

10

私はそれからの数日間は薬に強烈な好奇心を抱きながらも、チキン（臆病者）の為に何もできない日が続いていた。薬をじっと見てはゴミ箱に捨てようとするが、捨てきれずにいた。薬をやれば、何かが変わるかもしれない。しかし、それは破滅も意味するかもしれない。そんな事をしている内に母がその様子に気がついた。

「何だい、その薬は？」

「友達からもらったんだよ」

「また、危ない物ではないのかい？」

「違うよ」

「何でそんなにジロジロ見ているんだね？」

「見ていたら幸せになる薬さ」

「そんな薬があるのかい？」

「あるには、あるんだよ」

母は何かに気づいたようだったが、そんなに明確には理解できなかったようだ。私は内心、助かったと思いながらも母にこの薬を取り上げて、ゴミ箱に捨ててもらいたかった。自分で捨てる勇気もなく、薬をする勇気もないこの宙ぶらりんの状態に決着をつけて欲しかった。

こういった所がまだ私のマザコンが残っている証拠だ。こういった部分は世間では非難されるかもしれない。しかし、私はそれが好きだ。マザコンという事はまだ子供らしい部分が残っているという事である。という事は子供のような好奇心や柔軟性が残っているかもしれない。それは素晴らしい事だ。

私は大人が嫌いだ。あの全く好奇心がない硬直した考え方。常識に捕らわれて、常識を打ち破れない弱さ。将来を夢見ないポストモダン的な考え方。こういった考え方は大人特有の考え方である。こういった考え方が世の中を面白くない物にしている。世の中をもっと面白い物と捉えて行動する事が彼らにはなぜできないのか？　世界はもっともっと楽しいと思える部分が沢山あるはずなのに・・・。

こういう事を考えながら私は薬をじっと見ていた。でも、まだ使用する勇気がどうしてもでなかった。そして、薬を見ながら、私もやっぱりチキン（臆病者）になったなあと思わざるを得なかった。若い頃は多少無茶をした。無茶をする事が楽しかったし、する勇気もあった。酒を飲んで犬のマネをして、ガキを追い回して遊んだし、カエルの腹の中に爆竹を入れて内臓を吹き飛ばしたり、高校生から金銭を恐喝したり、服屋から高級な皮ジャンを着たまま店外にでて盗んだりもした。あげくには自分には全く必要ないのに盗みのテクニックを誇示したいが為にペット用品ですら、盗んだ事もある。

今、挙げたのは小学生から大学生までにやった事だ。社会人になってからはソリの合わない上司をぶん殴って首の骨を折ったりもした。もちろん、一瞬で首になったが・・・・・。更には三流私立大学卒業の社長に有名私立大学卒業の私が「なぜ私が社長じゃないのですか?」と言って、大喧嘩になった事もあった。その後、その事を正当化する為に自衛隊の防衛大学卒業者とそれ以外の者との処遇の違いや一流企業においてはなぜ国立大学と有名私大卒を幹部候補生として採用し、それ以外の大学生と高卒を営業専用兵隊か工場専用兵隊として採用するのかという理由を非常に論理的で明快でわかりやすい文章にし、チラシに印刷して、支店中にバラマいた。もちろん首になった。私の理論があのお方達には通用しなかったのだ。

あのお方達は優れた人間が非常に嫌いだ。低学歴の特有の性質だ。便所の底のような中小企業で「学歴なんか関係ない」と念仏のように毎日唱えている。その癖に腹の中では自分達と高学歴の人間との違いを明確に理解している。

営業に脳味噌はあまりいらない。営業は感じる仕事であって、難しい事を考える仕事ではない。人の顔色を適時把握し、言葉を選択する必要があるだけだ。考える事は少し必要であるが、感じる事の方が重要だ。工場はもう説明する必要はない。こういった仕事では三流大学卒業者や高卒でも高学歴の人間よりはるかに良い成果をだせる可能性はいくらでもある。しかし、それ以外の仕事になると疑問符がつく。高度な知識と技術が必要な専門職や少数ではなく、大人数と様々な違う分野を同時に管理する大手企業の管理職等だ。

しかし、三流大学卒業者や高卒でも優秀な人はいくらでもいる。ただし、高学歴の人間と比べると確率が非常に落ちる。感情や知能の能力面で東大卒業者なら七割の確率で優秀な人間がいるのに高卒では二割に満たないという感じだ。しかし、いる事は確実だ。特に今のような時代ではなくて、金持ちしか大学に行けなかった時代は尚更そうだ。

だが、今の時代の低学歴の人間は昔の人間と違って勉強をさぼった可能性が高いのに激しい嫉妬から高学歴の人間の完全破滅を望んでいる。自分が高校時代に努力しなかったので今は低学歴です。だから、社会の底辺で営業か工場の仕事に従事しますとは言わない。いつか復讐して社会で成功してやると熱望するか、一流大学の大学院進学や大学編入で学歴ロンダリングをし、学歴に箔をつけて逆に低学歴を馬鹿にするとかそんなやり方が行われる。こんな邪悪な人間達に私の正論のチラシが通用するはずがない。むしろ非常に憎まれるだけだ。でも、私は憎まれるのが楽しいから、あの時にチラシをまいたのだ。だから、当然に首になる事はわかっていた。しかし、奴らの怒りようは凄いものがあった。あのチラシにはこう書いてあったのだ。

「おまえらみたいな馬鹿は私のような高学歴に管理職の座を譲るべきだ。牛や馬は脳味噌を使う仕事はできないが、畑を耕し、乗られて人を遠くに移動させる事は得意だ。だから、それと同じように営業か工場で働くべきであり、決して管理職にはなってはならない。それは私の為ではなく、会社の皆の為である。そしたら、食べる草が増えて、君達は更に幸せになり、繁栄するだろう」

奴らの怒り方は今、思い出しても面白い。あの時は最高の優越感と征服感に浸った。

首になった代償にそれくらいの事は感じても許されるだろう。でも、あれは麻薬だなあ。上司の首の骨を折った時も同じようなエクスタシーを感じた。最高のエクスタシーだ。スターリン（ソ連の独裁者）のような気分だった。気にくわない奴を徹底的に粛清したような気分だ。

「あのエクスタシーを！　あのエクスタシーを！」と私は大声で部屋の中で叫んだ。その後、私は何かを無償に歌いたくなった。その時にふと私の口からラ・マルセイエーズ（フランス国歌、国王に対する非常に血なまぐさい歌）が出てきた。そして、同時に頬から涙が出てきた。私は暴君（上司）と勇敢に戦ったのだ。私は英雄なのだというナルシスト的な強い感情に襲われたのであった。

11

あれから、数日が経った。まだ、薬をする事ができなかった。やっぱり、石嶺の言うように私はチキン（臆病者）になってしまったのだろうか？　若い頃のような切れ味は無くしたのだろうか？

「ココココココ、コケコケコケ、コケコッコー。ココココココ、コケコケコケ、コケコッコー」ととりあえず、私は鶏の真似をしてみた。

俺みたいな人間もこんな飽食の世の中じゃチキン（臆病者）にならざるをえなかっ

たのだろうか？　とりあえず、暴れなければこの時代は普通に生活できる。暴れても一応、人さえ殺さなければ刑務所の中で飯にありつける。非常に良い時代。天下泰平の時代だ。このような時代に生きるニートである私は牙を抜かれた獅子のような存在になってしまったのだろうか？　昔は尖った牙を持っていた存在だったのに。しかし、今でも、ラ・マルセイエーズ（フランス国歌、国王に対する非常に血なまぐさい歌）を歌うと自然に頬に涙が落ちるのだ。本当に牙を抜かれた人間がこの歌で涙がでるのはおかしい。本当に牙を抜かれたなら、この歌に対しては何も感じる事はないはずだ。そして、落胆するはずだ。俺の力は無力だと。

私は自分の顔を鏡で見た。はっきりいって「おっさん」だ。「薄汚れたおっさん」「汚いおっさん」だ。でも、なぜか目の中に輝きがあるような気もする。何かの輝きがあるような気がする。そう、それは人には公言できないような輝き。とはいっても性犯罪者のような輝きではない。それはなんだろう？　自分でも説明できない。自分にはよく説明できない。いや、できるかもしれない。できてもしたくない。何だろうそれは？　何だろうそれは？

とりあえず、マザコンである私は母親に聞こうと思ったが、それは止めた。それをママンに聞くのはあまりにもかわいそうだと思ったからだ。ママンを悲しませたくはなかった。ママン、ママンだけが僕の本当の友達なんだ。石嶺にですら心の奥底を話す事はあまりない。石嶺に対してもどうしても最後の警戒心を捨てる事はできない。しかし、ママンは違う。子供の頃からママンだけには殆ど本心を話した。だから、私は今までに本当の親友を持った事がない。石嶺は親友だが、本当の親友ではない。

その時、急に私は過去の事がフラッシュバックした。サラリーマンをしていたあの頃の事だ。それは私が新入社員として配属され、営業課長と同行営業をしていた時の事だった。私はその営業課長と割と気が合うので、いつも車内で長話をしていた。そして、車内ではラジオが流れており、その時は昼飯を食べた後で、偶然にも二人とも無口になっていた。その沈黙の空気に一つの音声が突き刺さった。それは有名な死刑囚の死刑が執行されたというラジオのニュースだった。その瞬間にその営業課長はぼそっと呟いた。

「お前の友達が殺されたぞ！」

もしかしたら、私の心の中にモンスターが住んでいる事に彼は気づいていたかもしれない。しかし、私は認めたくはなかった。認めれば、この天下泰平の日本を味わえなくなるかもしれないと思ったからだ。今の時代は良い時代だ。こんなに好き勝手に日本の文句を言っても誰からも弾圧されない。戦前の日本では考えられない事だ。飯も豊富にある。住むところにも困らない。最後の最後には生活保護等のセーフティーネットもしっかりしている。更にはこのような基礎的条件だけでなく、人間が人間らしく生きる為の娯楽も沢山ある。図書館、インターネット、酒場、パチンコ、競輪、競馬、雀荘、映画と挙げればきりがない。

私はこれらをどうしても失いたくはなかった。これだけ恵まれた時代で恵まれた国に生まれてくる事は非常に幸運な事だ。この特権はなんとしてでも失いたくはない。更に私は賢いのでより良く、それを理解できる。馬鹿は今の日本がどれくらい恵まれているかを理解していないだろう。馬鹿は今の日本の短所しか見る事ができない。長所と短所を総合して見る事ができない。だから、格差、格差と泣き喚くのだ。

しかし、それとは同時に私の弱さから真のイキガイとは何なんだろうと私は心の中で再定義する為に問わざるをえなかった。日本で味わえるような物であろうか？　少なくとも日本国のルールの中で味わえるような物ではないように思われた。法を超えた物。それは私にとって芸術か薬のどちらか一つを選ぶ事かもしれない。どちらもある意味では法を超えた存在。優れた芸術は想像の中で法を越える。優れた薬（麻薬）は現実の中で法を越える。

では、現実の中で法を越えるのが嫌なら芸術の世界に生きてはどうだろうか？　芸術の世界にならなら、救いの道が見えるかもしれない。堂々と法を超える事も可能だ。芸術は合法的に法を越えられる。そこには麻薬同様の最高のエクスタシーがあるかもしれない。芸術の中では殺人もレイプも自由だ。罪悪感に縛られる事もない。現実の中で人の腹に包丁を突き刺すにはどれほど大きな罪悪感を克服しなければならないか！　おまけに相手に返り討ちにあうリスクもあるし、警察にも捕まり、罪に服さなければならない。しかし、想像の中は違う、大した罪悪感もなしに刺す事ができる。想像の中で死んだ人間は現実の世界では生きているのだ。

おまけに女の足裏も臭くない。私は特に女性の脚と足裏に興味がある。そこに特に性欲を感じるのである。自慰行為をする時もだいたいがその部位がメインになる。だが、想像における女の足裏はイチゴの匂いがするのに、現実では女の足裏がなんと臭い事か！　風俗女の足の裏を犬のようにペロペロしゃぶってみろ！　自慰行為の時に想像の中でしゃぶるのとまったく違う。イチゴの匂いなんか全くしない。生物の臭さだけしかない。おまけに塩味まで加味されているのだ。

とりあえず、薬の事は忘れよう。忘れるのが良いだろう。本当に合法の薬かどうかもわからないしな。石嶺が嘘を言っている可能性もある。石嶺はああ見えても、詭弁家で親友の破滅も喜びながら快楽にできるような男だ。まともに取り合う事もない。と思いつつも、私は薬を捨てずに大事に机の引き出しにしまって、厳重に鍵をかけた。これはパンドラの箱だと感じながら。

12

ところで芸術といっても何をすれば良いのだろうか？　それが私にはよくわからなかった。絵画によって自分を表現したら良いのだろうか？　それとも彫刻によってか？　それとも小説か？　詩か？　はたまた建築か？　漫画か？　そして、それで本当に食っていく事ができるのだろうか？　仕事として成立できるのだろうか？　そういう不安も常に心の中で感じざるをえなかった。

とりあえず、絵はどうかなと考えてみた。学校卒業以来、絵を書いた事はなかったのだが・・・。まあ、とりあえず美人でも描いてみようかな。美人が大好きな私にとっては非常に良い題材だ。そして、さっそく絵の具や筆や紙を買う必要があった。しかし、ニートである私にとってお金は貴重なので、あまり使用したくなかった。仕方なく、やりたくないが母にお金を頼む事にした。

「画家になりたいから絵の具と筆と紙を買って！」

「あほか！　おまえは小学生か！　そんなもんになれるわけはない。マジメに働け！」

「そんな事やってみないとわからないよ」

「いい年して夢ばっかり見るな！」

「やりたい、やりたい、やりたい」

「じゃあやれるかどうか私の顔を鉛筆で書いてみろよ！　それでうまけりゃ金は出

してやる」

とりあえず、一時間くらい私は母をモデルにして鉛筆で一生懸命に書いてみた。

「ほい、できたよ」

「ギャハハハハハハハハハハハハハハハ！　これが人間の顔か？　まるでタヌキ豚じゃないか？」

「それがお母さんの顔だよ」

「それは本当にそう思っているのか？　それとも喧嘩を売っているのか？」

「喧嘩を売っているんじゃなくて、だいたいそんな感じって事だよ」

「お前に少しは期待していた私が馬鹿だったよ。まあ、くだらん夢は見ない事だな」

母の顔はあきれていたようだった。そりゃ普通に考えればあきれるのは当然だ。三十後半の男が画家になりたいといったら普通は誰でもあきれる。夢を追うのは普通、二十代後半ぐらいが限界だ。あとは飯の為に生きるのが当然とされている世の中だ。更に今までに学校でしか絵を書いていないというのは更にマイナスポイントである。今から絵の練習ってどうしたらよいのだろうか？　全くわからない。プロの絵を見ているとまるで写真のような絵もあり、こんなもんどうして描けるのだろうと非常に感心してしまう。

私は鉛筆を投げ捨てた。勢いよく、鉛筆はコロコロと床を転がっていった。私はどうしたら良いのだろうか？　絵も書いた事もないし、彫刻もした事がなければ、文章もそんなに書いた事もない。子供の頃にしていた事は企業戦士になる為に受験勉強をしてきた事だけだ。絵も彫刻も文章も多少の教養程度しかしていないか、授業中寝ていただけだ。受験勉強に必要な国語も作文の時間がそんなに取られるわけではない。

とりあえず今から死ぬ気で練習すれば、もしかしたら何とかなるかもしれない。しかし、学校で教えられたのは他律であって、自律ではない。他人の目がないと遊んでしまう私がこの年で自分の力で自分を律する事はなかなか難しい。今、何もしなくても、誰からも本当に怒られるわけではない（ママンは適当に怒るからあんまり、強制力はない）。昔、中学にいた暴力団風の体育教師にさぼったら、プラスチックのバットでコツかれた事があった。今、本当にそういう人が近くにいて欲しいくらいだ。そう思いながら私はボーッと転がった鉛筆を眺めていた。そして、とっさに私はある種の言葉を呟いた。

「もしかしたら、私は失敗作なのでは？」

今まで学校は他律を教え、自律を教えない機関かもしれないと述べてきた。もしかしたら、他律の先に自律があるのではないか？　という考えが浮かんできたのだ。学校は自律の基礎である他律を教えるが、それが自律という真のエリートに必要なものになるかは個人次第というわけだ。これは本当に正しいかどうかはわからない。学校がどのような意味で他律教育をしているかどうかわからないからだ。他人に監視される事で幸せに生活できる人間の形成なのか？　それとも他人の目に関係なく自分で幸せに生活できる人間の形成なのか？　少なくとも学校が自律できる人間の形成を目的とするなら、私は完全に失敗作である。おまけに、自律できないくせに、自分の価値観を社会の価値観より優先したい願望を持つ、矛盾きわまりない生物。だから、組織にもむかない。自分の価値観と組織の価値観が一致して、組織が他律する時にはじめて力を発揮できる人間なのだ。

だから、そんな私が成功するには誰かに監視して、叱って貰っていただかなければならないのだ。でも、大人の私に金も貰う事なく、本気で叱ってくれるような人がいるのだろうか？　否、そんな人がいるとはとうてい思えないのだ。したがって、想像の中の事だが、私が芸術家になれなければ、中国と全面戦争をしなければならないという条約をアメリカと結んで、私を国家が監視して、叱ってくれたらよいと強く思うのだ。私は国家（日本）が派遣した暴力団風の多数の教員に囲まれて、朝六時から夜十一時まで芸術の勉強を強制的にさせられる。もし、しなければ、一日を標準カロリーの三分の一の食料しか与えられない。それが三日続けば、殴る蹴るの暴行が十五分にわたって行なわれる。死んだとしても国家に責任はない。このぐらい厳しく監視していただければ、私は芸術家として成功する可能性もかなり高くなるだろう。

しかし、こんな事は現実にはない。それを現実に要求するのは究極の甘えである。現実は歯を食いしばって遊んでしまうという甘えに耐えなければならない。テレビからは面白い映像が沢山流れてくる。インターネットからは面白い動画が沢山流れてくる。台所からは美味しそうな料理の匂いがしてくる。おまけに下半身だ。下半身からは女がいなくても、自分で子孫を残す練習をしなければ、本番には困るという生物学的要求も求められるのだ。このような要求に打ち勝つのは非常に難しい事である。

私はどうしようもない絶望を感じた。確かに私は受験勉強にある程度勝って有名私大に入学する事ができた。でも、それは教師達が周りでサポートしてくれた事や周りの同級生が勉強に打ち込もうとする進学校特有の空気による他律の結果であって、自律の結果ではない。そして、他律を自律にする事には失敗しているのは今の生活態度を見れば、明らかである。こんな状態では芸術の面で努力するのは絶望的だ。努力する前にゲームか何かで遊んでいるのが常になってしまう。

しかし、唯一の解決方法がある。それは芸術自体が好きな物であるという時だけは自律して努力する事ができるというものだ。好きな物をする事なら、テレビを見る事やインターネットをする事や自慰をする事と同じだ。それだったら、それらと同じように楽しんで長時間する事ができる。

　じゃあ絵画は私が好きな芸術という事になるのだろうか？　否、別に好きではない。子供の時から絵を書くのはあまり興味がなかった。じゃあ今まで何か好きだったか？彫刻か？　文章を書く事か？

　一ヶ月間、私は必死に記憶の中をたどって見た。小学校、中学校、高校、大学、社会人になってからの事も考えた。何か好きな事はあったのか？　今まで本当に自分がしたいと思う事はあったのか？　否、芸術の中にはなくても、妥協し、遊びも含めて、何か社会的価値があるような事でしたい事はあったのか？　本当にしたい事は？　サラリーマンのようにカップラーメン工場で働くような受動的にあたえられた仕事ではなく、本当にやりたい社会的に価値がある事はあったのだろうか？　自分の人生をかけて必死に努力する事ができるような、真剣に打ち込めるような事があったのだろうか？　その為には寝食を惜しんでできるような事があったのだろうか？

13

・・・・・・・・・・・・結論はなかった。やりたい事はなかった。真のイキガイを求めながらもやりたい事はなかったのだ。その日、私は絶望し、涙を流した。

確かに子供の頃には夢中になった遊びもあった。それも極めれば、社会的価値のある物もあった。しかし、打ち込んでも途中で飽きるのが現実だった。ゲームもよく子供時代にはやったが、ある程度上手になると壁が見えてくる。壁が見えるとすぐに面白くなって、飽きるのだった。そして、その壁を数年間かけて越えようとする粘り強さもなかったし、意欲もなかった。このような人間が学校から他律され、受験勉強をし、有名私立大学に入ったのだ。それは駄目な人間になって当然だ。社会的に価値がある物を得るためには莫大な努力がいる。それは好きな事をやるという事だけではかたづけられない意味がある。好きな事でも壁を突破するには長時間の努力を必要とする。おまけに才能もないとその壁を超える事はできない。だから、本当はないかもしれない才能があると信じて努力し続けなければならない。あるかどうかわからない才能を信じて努力し続ける事は非常に強い精神がなければ難しい。

才能があると知れば、人間は結構、長時間に渡って努力できるものなのだ。だから、才能がなければ、努力が実らないという所に大きな問題があるのだ。才能がないのに努力すればすべての時間等のコストが無駄になってしまう。これが非常に精神的に厳しいのだ。

人間は自分をどのような人間かよく見ている。自分は賢いのか馬鹿なのか？　美しいのか醜いのか？　運動神経があるのかないのか？　そういった自分を常に考えながら努力しているのだ。そして、長期間に渡って努力しても実績がでないと才能の欠如か、努力が足りないのかよくわからなくなる。そのよくわからなくなる期間に努力し続ける事が非常に精神的に苦痛なのだ。だから、何もしないし、何もしたくなくなる。それで、他人により努力するべきだのレールを引いてもらわなければ（他律）、自分で努力できないのでニート一直線というわけだ。

しかし、本当に自律できる精神の強さを持った人間はこの才能がわからないというブラックボックスに上手く対処できる。結果がでなくても、才能に原因を求める事なく、努力の不足に原因を求め続ける事ができるのだ。だから、普通の人間ができない努力が何年もできるのである。才能をあまり信じない人達なのだ（本当は才能もかなり関係あるのだが・・・）。そして、更には運の不足が原因で失敗しても、自分の努力が足りなかったと考える事ができるのだ。

私は決してこのような人間ではなかった。僅かの可能性に向かって自律し、見えない才能を信じて、運にも左右されずに努力する人間ではなかったのである。せめて、どのくらい努力すれば夢をかなえられるのかがわからなければ動けない弱い人間だったのだ。このような人間は好きでやりたい事がないのと同じである。好きな物でやりたい事があっても壁が見えてくれば、すぐに嫌いになるからだ。

しかし、これは私が特別というわけではない。殆どの人間はそうだと断言できるくらい多数いる。その多数が普通人なのだ。だから、諦めて上司の顔色を見ながら、カップラーメン工場で働いているのである。その方がはるかに楽である。自律して考える必要もなく、才能にも殆ど関係なく、働けば、働くほど賃金が貰えるので、努力の成果が明確に理解できる。

人は努力が実るかどうかわからない賭博のようなリスクには非常に敏感である。これはある意味で人間にとっては非常に重要な事だ。人間、大概は保守的に行動するものだ。その方が生存には都合が良い。動物も含めて人間は自然に食欲や排泄欲があるようにどのようにしたら、長く生き残れるかという進化の過程、あえて言うなら進化の試練を経て作られているのだ。人類発祥の地であるアフリカから出るよりはアフリカにいるのがリスクは少ない。アフリカにいればどこの場所に食べ物があるか、どの獣や昆虫が人間に危害を加えるか、どの植物が食べられなくて毒があるか等が先祖の経験から伝えられている。しかし、アフリカから出れば、どの場所に食べ物があるかどうかわからない。又、獣や昆虫や植物の種類も気候等の自然現象もかなり変化する。

このような状況ではアフリカにいる方が勝ち組になる可能性が高い。しかし、なぜ人類がアフリカから出ていったかは不明だ。そのようなアフリカの有利な条件の中で人類間の闘争が起きて、負けた方が追放されたのか、それとも人類文明の発展の中で、そのような条件を克服できる高度な技術等ができたのか、それとも単なる好奇心で一部の人間が移動したのか・・・。それはわからない。

しかし、私がはっきりとは得られるかどうかわからない利益の為に多大な努力とリスクを負うような人間ではない事は明確だ。たとえ好きな事だったとしても、このような性質を好きな事が持ったとすれば、チキン（臆病者）と自律できなく、すぐに飽きてしまう事から、すぐに嫌いになる。好きな事が続く為には少なくとも努力が明確に報われるかどうかを知る必要がある。

私は自分自身に非常な嫌悪を感じた。私が今まで散々馬鹿にしてきたサラリーマンと同種類の人間である事が明確にわかったからであった。今までは自分はやればできると思っていた。だから、子供の時の記憶に遡ってまで真のイキガイを探したのだ。結局は真のイキガイなんてものは幻想だ。サラリーマンのように真のイキガイでない快楽を真のイキガイと思い込んでただ生きたいだけだったのだ。その癖に、自分は特別な人間でいつか真のイキガイを見つける事ができると思っていたのだ。今はただ、真のイキガイという物が見つからないから努力できないだけと思っていたのだ。そして、それを認めたくない為にあれやこれやと真のイキガイ探しの旅にでていたのだ。でも、実態はただのチキン野郎（臆病者）で人から監視されないと努力できないサラリーマンと同種の人間だった事が今、明確に理解できたのである。

しかし、今でも、もしかしたら特別な人間かもしれないという気持ちが少しは残っている。明確にサラリーマンと同程度のレベルかもしれないと理解しながらも、一億分の一の確率で自分は特別な人間かもしれないという気持ちが湧いてくる。そして、それが人間らしいというものだ。人間という生物は自分が特別と思わなければ生きていけないという性質を持っている。船が沈んでも自分だけは助かるという儚い確信。末期癌にかかっても自分だけは助かるという薄い希望。年末に自分だけは宝くじに当たると思っている薄ら馬鹿の列をみるとそういう事はよく理解できる。

理解できるのではあるが、あくまでそれは知性面での話であって、感情面では違ってくる。もしかしたら、もしかしたら、自分は偉人かもしれないと思えてくるのだ。この根拠なきプラス思考は今、ここでこんな腐れ文章を書いている理由でもある。現在は認められなくても、私の死後にこの文章は偉人の証拠として認められるだろう。ニーチェ（キリスト教を否定したドイツの哲学者）のように時が経過して認められるだろうとこの根拠なきプラス思考は訴えてくるのである。

この根拠なきプラス思考というのは人間が生きていくためには必要な事かもしれない。もし、仮に根拠なきマイナス思考を持っていたら、助かる時でも助からないし、成功できる時でも成功できないだろう。船が沈んだ時に近くにボートがあっても助からないと確信すれば、そりゃ死ぬ確率が高くなるだろう。自分だけは特別と思う事は結構大切な事かもしれない。

そして、この根拠なきプラス思考を持ったサラリーマンという人種が世の中には沢山いる。組織の中で部長、課長にペコペコと頭を下げつつ、自分はこんな奴らとは違うんだという根拠なきプラス思考を持った人間。違うんだ。違うんだと思いつつ、組織にしがみつこうとする人間。行動する勇気もないチキン野郎（臆病者）で更にひどいのになれば、自分が馬鹿や怠惰で学歴を得られなかった癖に、学歴なんか関係ないと部下にだけわめきたてる人間。更には上司への愚痴付というオマケまでついている。

私はこのような根拠なきプラス思考をもった最低ランクの人間ではない。少なくともこのような人種と違っている。そこだけが救いだ。根拠なきプラス思考を持っていても、自分の限界をわきまえている人間である。だから、東大卒の文句は言わない。むしろ、東大卒に感嘆すらできるのである。

そして、更に深く書いていくと、この最低ランクの根拠なきプラス思考を持った人間はアゲアシを取る人じゃなく、忠告や真実を述べようとする意志をもった真摯な意見も聞くことはない。それを聞くと自分の能力に疑問を持たれる事になり、精神的に耐えられない。その癖に、根拠なきプラス思考にもとづく、全能感によって「俺はできる」「俺はすごい」とわめきたて、エリートが作った政府の政策を非難する。

このような人間でないだけ、私は恵まれている。根拠なきプラス思考を持っている真のイキガイ探しを続けているドリーマーだが、性根が腐っていない。ただ、心の底には人には言う事ができない狂気が潜んでいるのは事実なのだが・・・・。

14

私は自分が何もしたくない人間だという事に気がついた。ただサラリーマンのように生きたいだけだと気がついた。しかし、どうしても何かのプライドがあり、それが許せなかった。又、僅かにも偉人かもしれないという気持ちもあるが、今はそんな事は意識できなかった。ただ、最も軽蔑していた人間と自分が同種である事が許せなかった。そして、その日から私は朝酒を良く飲むようになった。昔は夜酒しか飲まなかったが、最近は朝酒ばかりだ。

酒というものは素晴らしい。すべてを忘れさせてくれる。朝からすべてを忘れさせてくれる。普通の人みたいに夜からではなく、朝からだ。朝から空でも飛べるような気分にさせてくれる。更にはブスの女が美人に見えるという効果もある。あんなデブで身長も低くて、顔もむくれていて、豚鼻の女が美人に見えるんだ。不思議だ。素面なら石をぶつけて遊ぶレベルの女が美人になるのだ。そう考えるともしかしたら、泥酔ならそのブスと交尾できるかもしれない（笑）。

そして、朝から酒を飲んでいると朝からすべての事を忘れる事ができる。普通の人のように夜からではない。朝からだ。朝からすべての苦痛を無くす事ができるのだ。普通のサラリーマンが上司にパワハラやセクハラされ、胃をやられている時に私はすべての苦痛から無縁である。普通のサラリーマンが営業ノルマ達成に緊張している時に私はすべての苦痛から無縁である。普通の主婦がママ友との関係や子育てに悩んでいる時にも私はすべての苦痛から無縁である。普通の主婦が家事やパートに忙しい時も私はすべての苦痛から無縁である。

こういうのも悪くないと思うようになった。昔はこの無痛から素面に戻った時には激しい罪悪感にさいなまれた。この無駄な時間に何か価値がある事ができたのではとよく考えた。今はこの罪悪感が全く無くなってしまった。こうなってしまうと私も終わりかもしれない。酒ですべてを失っても、今の苦痛から逃れる事ができたなら、幸福だ。未来の栄光より、儚い瞬間の幸福を強く求めるようになったのだ。もはや私も虫ケラと同じだ。虫のように火に集まるんだ。自分が焼け死んでも、光が好きだから火に集まるんだ。悲しい事に虫は火で焼け死ぬ事を知らないが、私は酒毒で死ぬ事を知っている。

こういう結末が私の運命なら、いっそう私は虫に生まれたかった。人間であるから色々な事に悩むのだ。虫だったら何も悩む事はない。機械と同レベルだ。単純な遺伝子の命令で生き、単純な遺伝子の命令で死ぬだけだ。あれやこれやと考える事もできないし、感情も未発達だ。死ぬのもあまり怖くは無いだろう。しかし、高度に進化した人間に生まれたからこそ色々な事に思い悩み、死も恐怖するのだ。

否、虫でなくても豚でもかまわない。虫よりはるかに高等に進化した動物ではあるが、人間よりは精神的にはかなり楽だ。豚舎の中で人間から美味しい餌を毎日与えられて、毎日、太陽の光を気持ちよく浴びて、仲間の豚と一緒に「ブヒブヒ」いってればよい。毎日が楽しい。そして、一年も経たない内に屠殺場に連れて行かれて、肉になるだけだ。それも苦しみは屠殺される瞬間だけだ。私は色々な屠殺のビデオを見てきたが、それはそれは豚の苦しみは単純で一瞬だ。それを豚語で言えばこのような感じだ。

「今日、人間さんはどこにつれていくのかな？　いつも美味しい餌をくれている親切で優しい人間さん。大好きだ。んん、何か暗い部屋に連れていかれるなあ。豚舎と違うなあ。ん、何か様子がおかしいぞ。痛い！　意識が薄れていく・・・眠い。気持ちいいおやすみなさい」

なんて幸せな生であろうか！　人間に生まれたなら、人と比較して、自分は収入が低いだとか、醜いだとか、学歴がどうとか、家は立派なものかどうかとか、子供のできは良いのか悪いのかだとか、色々な事に劣等感を抱かなければならない。おまけに、老化にも悩まされるし、病気にも悩まされる。更には死ぬのも怖い。

しかし、豚にとって死はない。それは豚が死なないという事を意味しているのではない。豚が生きている時、死は存在していないし、豚が死んでいる時、もう豚はいないからだ。ところが、人間は生きている時にも死が存在している。人間が死んでいる時は、もう人間はいないのは豚と同じであるが、生きている時も死を予感できる知能を持ったのが人間だ。だから、生と死が同時に存在していると感じて生きなければならない厳しさが人間にはある。

豚にとって、死は餌を食うとか、水を飲むとか、人間に殴られるとか等の出来事の一つである以上の意味はない。豚の世界では死の後にも餌を食えると思っているだろう。豚は存在という抽象観念を理解する事ができないからだ。それと比べて、人間は死という存在。つまり、永遠消滅を意識して生きていかなければならない。ああ、なんて人間はつらいのだろうか！

これは充実感や偉人になりたいという出世欲についても似たような事が言える。豚なら、飯を食う事や単純な遊びだけをする事で充実できるだろう。偉豚になりたいと言っても、豚舎の中で一番のボスになりたいとかそんなものだろう。

しかし、人間は豚と違う。表面上はともかく、心の本当の奥底では崇高な物を望み、より多くの人間から賞賛されたい。その欲は無限だ。留まる事を知らない。具体的に言うなら、日本中の人間から、否、日本ですらも物足りない。日本人に認められたら、次は世界を望むだろう。それも、大食いチャンピオンだとか、風俗の世界で認められたいとかそんな下等な望みでは人間は満足しない。聖人。世界中に認められた聖人になりたいという種類の物だ。そして、それが満たされたら、また、次の物を持たないと満足できない。その無限の欲と自分の能力との間の乖離が余計に心をすさませる。そのスサミから抜け出したいから酒を朝から飲むのだ。死を覚悟しつつ、酒を飲むのだ。飲んでいる時はすべてを忘れている。つまり、天国だ。そして、素面の時は少しのスサミを感じても、死だけは忘れている。死を予感しても死がいつ訪れるのかわからないし、死の体験がないからだ。人間は死を予感しても、死だけは体感できないし、時期も不透明なので素面でもこんなに死に対して、楽観的にいれるのだ。

でも、私はいつか酒毒で死ぬだろう。しかし、死が全く怖くないというわけではない。いつか確実に来る死というものに対して、ただ、明確に意識できないだけだ。豚のように全く意識できないという訳ではない。ただ、はっきりと理解できないだけだ。このはっきり理解できないのが癖物だ。明確に死が意識できた時は恐怖する癖に・・・。

このような事を考えながら、私は酒をひたすらに飲んでいた。更には、このような事を言いながら、酒毒をできるだけ防ぐという意味でかなり大量の食事を取りながらの酒宴であった。ステーキや寿司、サラダ、トンカツ、ローストビーフ、ポテトチップス、ホルモン焼き、サンドイッチ、卵焼き、焼き鳥、串かつ等の大量の食事をとった。そういうところが石嶺がいうチキン（臆病者）である私らしい所だ。

この方法は昔、出会い系サイトで知り合ったロシア人女性教師から教えてもらった方法だ。あのロシアという国の男の平均寿命は六十代だ。大概は酒に殺されているのだろう。小学校三年生の男子が泥酔して学校に来るらしい。日本では考えられない事だ。このような酒毒に犯された国で生きてきた女性だからこそ、私に酒の飲む回数や、酒を飲む時に食事を取るかどうかひつこく聞いてくるのだ。酒毒にそれだけ敏感になる必要があったのだろう。しかも私が価値ある交際相手かどうか見極める必要があった。まあ、それも彼女が書いてくる英語の文章が自分の話したい内容ばかり書いてきて、私の質問に対して答えないので、関係が潰れてしまったのだが・・・。

とりあえず、暗い事ばかり考えても仕方ないので、たまには明るい事を考えて見ようと思う。こんなに酒で陽気になっているのに暗い事ばかり考えていても仕方ない。明るい事と言えば、最近は人が落ちていく姿が確信を持って喜べるという心情だ（私は明るい事を考えてもなんと暗い事を考えてしまうのだろう。笑）。小学生とか子供の時は人の死に心から同情する事ができた。人の犯罪行為にも正義感から湧く怒りを感じた。しかし、今は違う。同情心も湧かないし、正義から湧く怒りもない。ただ、私は奴らと違って、生きているし、まだ完全に社会的に潰されていないという優越感だけだ。

だから、芸能人が若死にするのが心から楽しい。ニュースでまず探すのは芸能人の死去のニュースだ。それも五十代とかで死ぬのはつまらない。できれば十代、でなくても最低三十代で死んで欲しいと思っている。それも簡単にポックリ逝くのではつまらない。殺人事件や事故に巻き込まれる事や癌の激痛に襲われる事を心から望む。それも、若くても成功していない三流芸能人では駄目だ。若い金持ちの芸能人。更にイケメンや美人で推薦やＡＯ入試で高学歴であれば最高だ！　奴らが死んだ時は勝ったと確信する。最高の勝利を味わったと確信してしまう。今まで私と違う最高の人生を送ってきた人間が地獄のようなドブに落ちたのだ。

犯罪行為にしても死と同じだ。違うのは社会的死という事だけだ。麻薬というドブの中に落ち込んだ芸能人はこの先どのように生きるのだろうか？　この底なし沼のように抜けきれない罪を犯した若い芸能人を見るのが楽しい。仕事、友人、金、恋人のすべてが失われるのだろうか？　それとも血の繋がった家族ですら見捨てるのだろうか？　ハラハラワクワクするぜ。そして、最後は自殺という結末になるのだろうか？　でも、その間の麻薬を断ち切る時の地獄のような苦しみを想像するのが一番楽しい。家族や友人や仕事で世話になった恩人をもうこれ以上裏切れないとの重圧と麻薬をどうしても使用したいとの欲望。その欲望もわかりやすい例でいうと、一ヶ月水だけ飲んで、飯を食ってない人間が、前に飯があるくらい強い欲望だ。それでもその飯を食わない事ができるだろうか？　否、そんな強い人間は殆どいない。だから、家族、友人、恩人を裏切っても麻薬を使用して豚箱（刑務所）に戻っていくのだ。

なんと楽しいのだろうか！　なんと清々しいのだろうか！　この楽しみは芋虫を大量に踏み潰して、その汁をキウィジュースと言って遊ぶ事や金魚が入っているバケツの水に洗剤を入れた時、苦しくなり、息を吸いたくなって水面に上がってきた金魚に対して「息をするな！　この馬鹿野郎」と言いつつ、割り箸の先で息をできないように金魚をツツクようなちょっとした楽しみとは別のものである。心の奥底から楽しめるものである。それを具体的に言うなら、本来、自分よりはるかに幸せで、金持ちで、優れている人間に全く勝てる可能性のない人間が勝てたというものだ。親に虐待され、満足な教育も受けられず、友達も恋人もいないブスで中卒の男が幸せな家庭で立派な教育を受け、友達も沢山おり、美人の恋人がいる東大卒のイケメンに偶然勝てたようなものだ。それも東大卒のイケメンが偶然、石に転んで、頭を強く打って死んだ感じかな。

これが喜ばれずにいられるだろうか？　私がイモムシや金魚に勝てるのは当然だ。勝ったって何にも面白くもない。生まれた時からよっぽどの事がなければ基本的に相続によって勝てる事が決定されている。で、相続とはなにかという事になるのだが、相続とは親から遺伝として受け継がれてきた物。つまり人間であるという既得権益により、勝ったという物だ。そんなのはつまらない。勝てる物に勝つのはあまり喜びも得る事ができない。しかし、私が若い優れたイケメンの芸能人に勝てるのはまずない。絶対にない。それも私がイモムシや金魚に勝てた理由である親からの相続された物の優劣によって勝敗が決していている事が多い。見てくれよ。私のブスの顔を！　このブスの顔は親から相続したものだ。好きで相続した物ではない。それが勝ったのだ！　偶然によってだ。

　もっと腐った例えをするならば、私がイモムシを虐めている最中に飲酒運転の車が突っ込んできて、私を轢き殺したとか、私が金魚を虐めている最中に誤ってベランダから転落して、下にあるポールに串刺しにされて死ぬようなものだ。そりゃイモムシも金魚も喜ぶだろう。私がイモムシや金魚だったら、仲間を集めてパーティをするね。そのパーティの前に死体にションベンをかけてやる。

　ここで、皆さんはそんなに若い優れたイケメンの芸能人にお前は金魚やイモムシのように虐められたのか？　何の恨みがあるのだと考えるかもしれない。しかし、それは私にとっては甘い考えだ。世の中の現実をわかっていない証拠だ。この親からの相続がイジメなのだ。奴らが何であんなに威張っているんだ？　それは親からの相続が私より優れているからだ。私より優れた容姿、優れた知能、豊かな財産。どれをとっても奴らが努力して獲得した物ではないだろう？　否、努力する力ですら親からの相続だ。親から得た物だ。こんな既得権益はイジメと同じだ。こんな既得権益の為に奴らは私から美人を奪い、学歴を奪い、職を奪うのだ。既得権益で得た人間という立場を悪用してイモムシや金魚の命を奪うように私から奴らは奪ったのだ。

　もしかしたら、読者の皆さんはお前も立場を悪用して、イモムシや金魚の命を奪ったのに、そんな少々の既得権益は我慢しろと思っているかもしれない。イモムシや金魚は命を奪われているのだぞと。お前は劣悪な立場に追い込まれているだけなのだろうと。それは心情的には理解できる。しかしだ。イモムシや金魚は私程に価値がある生物であろうか？　否、そんな価値はない。それゆえにイモムシや金魚を殺しても私は刑務所にはいる必要はない。しかし、若い優れたイケメンの芸能人が私を殺したら、そいつは当然、刑務所に行かなければならないし、もしかしたら死刑になるかもしれない。そのような程度の優劣しかないのに人生にこれだけの差があるのだ。これは明らかに矛盾する。それも既得権益によってだ。

この悪魔のような心を持った原因は私が世間に揉まれたからであろう。子供の頃は決してこういう事は思わなかった。世間は非常に世知辛い。渡る世間はデビルばかりだ。こういう世の中で人の幸せを本当に心の奥底から喜べる事ができるだろうか？喜んだら、最後、デビルを成長させるだけだ。こちらを見下し、搾取し、自分が上の立場だと再確認を求めてくる。例えば、敬語使用を強制してきたりするのだ。これが現実だ。このような現実を防ぐ為には人はデビルとならなければならない。相手の力の増強に鈍感である事は許されない。鈍感であると懐に潜り込まれて、徹底的に搾取されかねない。敏感で搾取されている私よりも、搾取されるだろう。世の中にブラック企業に命まで吸い取られそうでも、会社に忠誠心を持つ奴隷社員のように・・・。

15

段々、私は無残な状態になっていく。自分で自分自身を笑えるくらいだ。昔いた初老の親戚みたいに立派な飲んだくれだ。そして、いじけながらも、外では子供の遊びながら笑う声が容赦なく、聞こえてくる。胸が痛い。

「キャー」

「ワー」

「次はお前が鬼だぞ」

もし、私が結婚して子供がいたら、その歳くらいの子がいただろう。結婚したら、もしかしたら今の私の人生は変わっていたかなとついつい考えてしまう。今は結婚していないからブスと結婚した友人を見下してはいるが、結婚したら、その醜い顔に我慢できるようになるかもしれない。友人も結婚は妥協だと言っている。妥協と言っている友人もそれなりに幸せそうではある。妥協でも幸せという事は私も妥協すれば幸せになれるかもしれない。ブスの顔からでる優しげな温かみ。ブスの嫁からできたブスの娘の純真でかわいい仕草。今はこれを馬鹿で愚かな男の妄想で負け犬の遠吠えと思っている。

しかし、実際に結婚したら本当に幸せに思えるのだろうか？　家族の温かみに満足してブスの顔も気にならなくなるのだろうか？　特に今のように弱っている時は強くそのように感じる。人間は弱っている時は特に愛情が欲しいものだ。だから、友人が羨ましくなる。今はどんな家族でも羨ましく感じる。こんな惨めな気持ちの時に優しい言葉をかけて欲しいと思う。でも、これは今のこの瞬間の気持ちにしかすぎない。この弱気がいつまでも続くとは限らない。もし、運に乗って成功し、強気になった時にはこう言うかもしれない。

「ブスの嫁とブスの娘を殺してやりたい」

こう考えると私のブスと結婚した友人は自分を諦めた人間とも言える。自分に妥協した人間。妥協の中に幸せを求めた人間。常に弱気に生きているからこそできる行為だ。少しでも自分が強くなれる。優れた人間と思っていたら、こんな行為はできない。獅子の雄には醜い豚の嫁はいらない。獅子の雄には美しい獅子の雌が必要なのである。

そして、問題はこの弱気と強気が入り混じってしまう私はどうなんだという事だ。これだけ真のイキガイ探しに失敗して、自分が特別な人間でないと思いつつも。もしかしたらという気持ちを持っている。これは弱気と強気が交互に入れ替わる可能性があるという事だ。弱気になっている時はブス嫁でも傍にいて欲しい。強気の時は早く死んで欲しい。これを聞いたら他の人間はなんてワガママな奴だと思うかもしれない。でも、自分のありのままを表現すればこのようになるのだ。だから、たまに成功した男が嫁と離婚して、芸能人の美女と結婚するのは心情的によく理解できるのである。

又、この事を深く考えると、自分のレベルに合わせて女を変えていくのが一番賢いかもしれない。出世魚みたいな生き方をするのだ。自分がとても弱っている時は激ブスの女で満足できるかもしれない。だって、自分に金も名誉も権力もないから、この弱い心を激ブスからでも慰めてもらいたい。しかし、中くらいの金や名誉や権力ならば、激ブスでは満足できない。だから、激ブスと離婚して、中レベルの容姿の女と結婚する。これを繰り返すと超美人と最後は結婚できるようになる。しかしだ。慰謝料を払うのがうっとおしい。あとは、女は婆になると容姿が極端に劣化する。超美人と結婚しても、その容姿を楽しめるのは五十代が限界だろう。

まあ、このようなゲスな考え方から離れても、結婚は幸せになれる確実な手段とは言えないだろう。確かに、結婚して、上手くいっている人は幸せそうだ。自分の時間はないと言ってはいるが、子供を風呂に入れたり、遊んだりしてそれなりに楽しそうではある。

だが、あまり上手くいっていない結婚経験者の意見を聞くと、相手のちょっとした癖が気になって嫌になるだとかをよく聞く、ちょっとした癖ではなくて、ギャンブル狂だとか、浮気をするだとか、働かない、家事をしない、仕事で全く家に帰って来ないだとかになると更に酷い。お互い全く違う人格と違う家族の中で生活しているのだから、どこかで妥協しなければならないのは確かなのだが・・・。中には正社員で働いている夫が家に帰ってこないので、妻がぶちきれて、夫を派遣社員にさせた例も聞いた事がある。派遣社員にして、夜七時には帰宅させ、子供の世話を任せ、その後、一緒に妻と遊ぶ事で心の交流を深めさせているようだ。更には耳元で女が大好きな「愛している」という言葉を何十回も呟かせている。

しかし、こんな女に捕まったら非常に厄介である。どれだけこの女にメンテナンスが必要なのだろうか？　そんなに愛していると言って欲しかったら、夫の声をＩＣレコーダーに録音して枕元に置いて置けばよい。女は男の気持ちはわからないかもしれないが、男は女の耳元に「愛している」という言葉を言う為に仕事を辞めるよりは、むしろ、エベレストに登りたいのである。欲を言えば、エベレストに登った後にはブスをゴミ箱に捨てたいのである。しかし、それをすると今度は女にＡＴＭにされかねない。夫が何十年もエベレストに登って、金を稼いでいる間に、妻はありとあらゆる誹謗中傷を子供に吹き込むだろう。そして、子供は父を軽蔑するようになるだろう。そうなると夫は何のためにエベレストに登って、お金を稼いでいるのだろうかという事になる。数十年、家族の為に働いてきたのに残ったのは父を憎しみ軽蔑する子供と妻の離婚届けという事になる。そうならない為にも正社員を辞めて、派遣社員になり、家族サービスに精を出している夫は仕事一番の夫よりもある意味で利口かもしれない。

しかし、私にとってそんな事をして妻に尽くす奴は豚としか言えない。軽蔑すべき豚野郎だ。本来の意味で夫がエベレストに登る為に何十年も家に帰ってこない時に、妻は忠犬ハチ公のように不倫もせずに待つべきである。人類の進歩は基本的には男によってなされてきた。男が天に届きたいという思いで人生のすべての時間をかけ、危険と全財産を賭けて勝負に出た時に「愛している」と言って欲しいが為に、男を地に引き戻すような事をする女は人間の屑である。例えて言うならば、日本が欧米列強の植民地にならない為に坂本竜馬が日本中をかけまわっている。その時、家に居なければ、子供に夫である坂本竜馬の誹謗中傷を叩き込むような糞女だ。しかし、現実を言えば、そんな大それた仕事をするデカイ男は殆どいない。大概は糞リーマンだ。糞のような仕事をするならば、家族サービスに精をだして欲しいという女の言い分も分からない訳ではない。だが、糞のような仕事かもしれないが、その中にでも男は競争しているという事を女は理解して欲しい。妻に「愛している」という時間をかける分、他の男に競争で負けるのだ。負けると、後輩の部下になって顎で使われかねない。この屈辱が女に理解できるのだろうか？

否、女には理解する事はできないだろう。あいつらの世界は洗面器の中の金魚と同じだからだ。洗面器の金魚は洗面器の中が当たり前の常識の世界になっている。洗面器以外の世界を知りたいとは思わない。おまけに人間（男）から与えられる餌を食べる事が当然の常識と思っている。

ああ、また熱くなってしまった。しかし、酒が効いてきたようだ。どんどん眠たくなってきた。このような妄想を考えるのは深い眠りに入るのに役に立つ。眠りに入る時は苦しくない、気持ちいい。今までの苦しい葛藤や劣等感も何も感じない。ただ、意識が遠くなるのが気持ちいいだけだ。このようにして人間は死んでいくのだろうか？　交通事故や殺人等ではない、老衰による安らかな死はこのような物だろうか？今は毎日やってくる眠りという死が安らぎだ。

16

最近、パンドラの箱がよく気になる。あれをやってしまえば私は終わりだ。でも、終わりになってても良いと思う事さえある。ただ、許せないのは終わりになるのは私だけだという事だ。それが許せない。あまりにも不公平ではないのだろうか？　私の人生だけがスクラップになってしまう。あまりにも世の中が矛盾しているとは思わないだろうか？　今頃、こんなに苦しんでいる私を横目に若い綺麗な女を連れた何もかもに恵まれた大金持ちの糞ガキが青春をエンジョイしているのだ。そこだけが、あまりにも腹が立つので、どうしてもパンドラの箱が開けられない。この箱を開けたら、私も終わりだ。しかし、糞ガキ達も車に轢かれて死ねば、私はいつでもこの箱を開ける覚悟ができている。

そして、違った言い方をするなら、この箱を開けないのはこういった糞ガキ達に対する最後の抵抗とも言える。運命の女神がいつかは私に味方して、奴らに天誅を与えて、私を救済するかもしれないと思うからだ。奴らは運命の女神によって地獄に落とされるのだ。鬼に舌を抜かれ、血の池に入れられ、針の山を素足で歩かなければならないのだ。しかし、私は天国で美女に囲まれて、キスをされまくりながら、酒を飲み、ご馳走を食べるのだ。

その僅かな可能性を信じているからこそ、この箱を開けられないのだ。「運命の女神は女なので気ままな存在だ。いつ、その気分を変えるのかがわからん」という言葉を聞いた事がある。だからこそ、彼女が私を好きになってくれるのを待っているのである。だが、もう三十七年も待っているのに彼女はまだ私を好きになってくれない。彼女は私が人間であるという事を知らないのだろうか？　女をこんなに長く待っても好きになってくれないと菩薩ではない私はもう彼女に愛想をつかしてしまうかもしれない。こんなに、こんなに彼女を愛しているのに、大金持ちの糞ガキばかり愛しやがって！

私は彼女の事を子供の時から大好きだった。彼女の写真も沢山集めていた。彼女の趣味も調べたし、彼女が好きな食べ物も調べて、完璧なデートコースを何百種類も用意している。しかし、どうしても私を好きになってくれないのだ。なぜなんだ？　運命の女神を振り向かせるだけの最低限の器量さえも私にはないのだろうか？　そうは思えない。だって、馬鹿糞みてえな奴がテレビで威張っているのを見るとどうしても思えない。私と奴らのどこが違うのだ？

とても違いがあるようには見えない。奴らにあって私にないのは運のみだ。運とだけしか考えられない。そして、私の方が器量はあるように考えられる可能性もある。その証拠に奴らが落ちはじめたら、急激に下に転がり落ちるだろう。転がり落ちない器量を持つ人間はめったにいない。しかし、私は奴らとは違う人間と思う部分もある。こういう風にここに踏みとどまっているからだ。最後の希望を諦めずに踏み留まっているのだ！　運命の女神が振り向くのを待っているのだ！　早く、私を抱いてくれよ。私のかわいい女よ！　お前の次の男は私だ！　早く来い。そして、捕まえたら、他の男が浮気できないように絶対に離さない。私はよく知っているお前が浮気性で次々と他の男を愛するという事を。

これが今の私の率直な気持ちだ。サラリーマンのようなチキン野郎（臆病者）であると自分を感じていても、どこかは違うと思っているのだ。人とは違う何かを持っているると思っているのだ。そして、そのような事を裏付ける根拠は何もないのが現実である。じゃあ、どうしてそう信じられるのだと人から聞かれると私はこう答えるだろう。信じるのが楽しくて、面白いからであると。こういう根拠がない自信を信じられるのが面白くて、楽しくてたまらない。じゃあなぜ面白くて、楽しいのかと人から聞くと私はこう答えるだろう。「根拠のない事実を信じる事があらゆる物を超越する大きな力がある」のだからだと。

この意味がわかるだろうか？　わからない人の方が多いかもしれない。わたしもよくわからない。ただ、言える事は何か物事を超越した気分になるのだ。宗教と同じかもしれない。宗教は証拠によって裏付けされてはいない。しかし、人の心を落ち着かせ、人に勇気を奮い立たせ、人を幸福な気持ちにさせる。信じるという事がどれほど大きな力となるかの証拠であるだろう。だから、このように信じる事が楽しくて、面白いのだ。更にはこの面白さは中毒になる。例えば、百人の人間が賛成している中でたった一人の自分が反対にまわるというのは非常に良い気分である。それは自分が特別な人間になったという気分になれるからだ。偉人は百人もいらない。一人で十分だ。百人いたら、偉人に価値がない。それに対して凡人は百人どころか一万人いてもおかしくない。しかし、反対が正しい事と信じるだけで自分は簡単に偉人になれるのだ。こんな簡単な方法で偉人になれるのだ。だからこそ私は信じるのである。

そして、信じる理由がもう一つある。それはその信じている姿を見る他人の様子が面白いのである。自分を偉人と確信しているとすべての自分の意見が正しいように思えてくる。理性で考えれば間違っているような意見でもどことなし正しいように思えてくるからだ。その確信している姿を見ると相手は自分の事を馬鹿にしているように見えて狼狽するのだ。もしくは激怒する。それが私にとっては面白くてたまらない。これは癖になりそうだ。更には癖になると自分が嫌いな人間の意見には更にアゲアシを取りたくなる。自分の意見が科学的に正解かどうかは関係ない。自分が正しいと主観的に確信する事が大事なのだ。確信から生まれる自信がある態度に相手は酷く狼狽する。

しかし、私は自分が選択する時は自分の主観をできるだけ排除する。選択には事実を使用し、感情には主観を適用するのだ。つまり、私が正しいと確信するのは事実だから確信しているのではない。私がそう思うべきと考えるから正しいのだ。私が太陽は地球の周りを回っていると考えれば、事実は地球が太陽の周りを回っていても世界の人々は太陽が地球の周りを回っていると考えるべきなのだ。そして、あらゆる手段を使用しても太陽に地球の周りを回らせるべきなのだ。その為には今の半分の生活水準になろうが、生活保護をカットして、大量の餓死者や犯罪の増加を招こうが、そんな事は関係ない。どんなに国家予算を使用しても私の考えを実現すべきなのだ。しかし、それが不可能な時は私の考えに賛同するべきなのだ。そして、人々はこう言うべきなのだ。「太陽が地球の周りを回っているが、私のお粗末な脳味噌には理解できない」と。

更にはこのような態度を取るだけでなく、取り続けると面白い事に他人は私に狼狽し、激怒するだけではなく、非常に恐れるようになるのである。こいつは何かをやらかすのではないかと？　何か犯罪をするのではないかと？　そういう表情で私を見てくるのである。これがまた更に楽しい。あの馬鹿リーマンどもは自分達の型にはめられない力のある物を恐れている。型にはまる生き方を正しいと信じて、型に守られて、その弱い自分を巧妙に隠している安定志向の糞リーマンどもに型にはまらない強力な犯罪という力の強さを認識させてやるという事はどれほど優越感を持てるかを皆さんは想像できるだろうか？　それに金持ちどもだ。私の大嫌いな金持ちどもだ。奴らにも天誅を浴びせてやりたい。

強力な権力を持つ独裁者ですら、犯罪から自分の身を守る事ができない時がある。ナイフや鉄砲を隠し持った人間が自分の命を捨てる覚悟で相手を不意打ちすれば、どんな人でも一撃で仕留める事ができるのだ。そして、死んでしまえば、王様であろうが何であろうが究極の負け組みとなるのだ。つまり、貧乏な人間が何かのチャンスを手にして金持ちになる事はあるが、死んだ人間が生き返る事は絶対にない。ここが味わいのある部分だ。幸福な生も一瞬の狂気によってすべてが崩れ去る。死ぬほどの努力をして、名門大学に入り、起業して大金持ちになっても、一流企業に入って、美しい妻と結婚し、可愛い子供に恵まれても、この私のようなニートの一刺しですべてを失うのである。その莫大な努力の間に（努力できるかどうかも運によって恵まれた才能と思うから、私はそれに敬意は払わない）私がしていた事と言えば世間の文句をたれながら、働かずに家でリスクも背負わずに寝ていただけだ。この何もしていない私の一刺しですべてを失う事になるのだ。これが笑わずにはいられるだろうか？　私は腹を抱えて笑ってしまう。

ここから考えるとまさに犯罪とは革命なのである。弱くて恵まれていない人間が最後に強者に一矢を報いられる手段なのだ。それも大きな努力、才能や金も必要ではない。自分の命を捨てる覚悟と残虐性を持った悪意だけで成立するものだ。つまりはテロリズムだ。犯罪とは個人が社会にできるテロなのである。この犯罪というテロは金持ち等の幸福な人間だけに影響を与えるだけではなく、国家そのものに影響を与える事もある。これは私にとって自尊心をくすぐるものだ。

このような自尊心は非常に危険な事も私はよく理解している。このような自尊心は私の身を破滅させるだろう。死刑になるかもしれない。しかし、抗しがたい魅力を持つのも事実だ。今は私がその狭間で戦っているのもよく理解できる。運命の女神が振り向く事を待つ事ができなくなった瞬間にその魅力は私を捕らえて離さなくなるかもしれない。そして、今まで落ちこぼれの一般人である私が、誰からも振り向かれなかった私が日本中のすべての人から注目されるのである。気持ち良い事限りない。

私は目を閉じながら、英雄になっているのを想像した。ある著名人は私を同情し、私の事を現代のジャンヌダルク（イギリス軍からフランスを救った女性の英雄で、後に異端審問により、火刑になる）と言って賞賛する。又、他のある著名人は死刑以外に考えられないと言って、私の事を切り裂きジャック（イギリスの猟奇的な連続殺人者）に例えて悪魔のように罵る。こう想像しただけで私の自尊心は常に満たされるのである。なぜだろう？　なぜだろう？　なぜだろうとより深く考えている内に、母親の呼び声がした。そして、その日は現実に戻って、面白いテレビでも見る事にした。母に決心を気づかれない為に・・・。

17

私は数日間、物思いに耽った。その理由は決心がついたのだが、どうしても最後に気になる事があって、なかなか一歩を踏み出す事ができなかったからだ。それはなぜこのように殺人は英雄になれるような気がするんだという疑問だ。しかし、全く分からないではない。なんとなくは理解できるが深層が理解できない。確かに日本中の人に注目されるのは楽しいが、それだけでは自尊心を満たした気にならない。犯罪でもちんけな性犯罪や泥棒では日本中に注目されても何も嬉しくない。むしろ、悲しくなる。殺人。殺人こそが自尊心を満たすのだ。この人類で最高の悪をする時にのみ自尊心が満たされる。

それがなぜなのか？　その理由の深層がどうしてもわからない。例え、私が百億円盗んだ泥棒になって、世間から英雄扱いされたとしても殺人と比べれば何かが物足らない。そんな事で世間から英雄扱いされたとしても、所詮、世俗からチヤホヤされている俗物のようにしか自分の事を感じられない。何かが物足りないのだ。その足りない物とはなんなのだろうか？　考えれば考えるほどよくわからなくなる。

ただ、殺人はちんけな性犯罪や泥棒と違って何か神聖な気持ちを感じるのだ。殺人をする事は神に捧げる為に子羊や人間の子供を屠殺し、生贄として捧げるような気持ちになるのだ。その時、私は聖なる神官となった気持ちになれるのだ。私の犯した殺人が正義か正義でないかはわからない。しかし、その審判は神のような超自然的な物が判断すると考えてしまうのだ。現実的には人間が私を裁くであろう。でもその中には超自然的な物の背景を感じざるを得ない。超自然が私を使用して、人類に何かを問いかけている気持ちになるのだ。

具体的に言うならば、殺人の本質は妥協の余地のない善と悪の究極の戦いであり、その戦いの中で殺人は正義にもなり、悪にでもなるからである。善と悪の狭間の中で殺人はその意味を光り輝かせる。純粋な悪意以外の何かの正しい意味の為に人を殺す事は正義か、それとも正義に反するか？　その意味がはっきりわかった事はない。つまり、殺人は崇高な正義にもなりえるのだ。

しかし、これ以降がどうしてもわからない。この宗教的で神聖な感覚と興奮がなぜ起こるのかがわからないのだ。別に正義であろうが、不正義であろうがそんな事をはっきりさせずに生きる方法もあるはずなのに・・・。こんな事を深く考えれば、考えるほど深みにはまる。だから抜け出す事ができない。このままモヤモヤとした物を残して、行動はしたくないのだが、そんな事ばかり考えていては行動ができなくなる。ただ、殺人が何か神聖な物と結びつくとしか言えなかった。ただ、それだけだ。

もう私はこれ以上深く考える事はやめた。精神的にしんどくなるし、実行しようとする決心が弱まるからだ。今、やる事は考える事ではなくて、今、やらなければならない事をする事だ。母親や友人への別れの挨拶、確実にやりとげる為の計画を練る事だ。私はもう生きて戻るつもりはない。私は生きて帰る恥をさらすつもりはない。少なくとも、死刑台にはあがるつもりでいる。だから、別れの挨拶は確実にしておきたい。死刑囚になってからでは私に会ってくれるのは母親くらいだろうからな。

とりあえず、石嶺に電話をかける事にした。私にパンドラの箱をくれた人間。あの箱がないと私の決心も鈍るかもしれない。だから、彼は恩人だ。

「誰だ？」

「私だ。お前を太陽とすれば、私はそれとは反対側にいる地球の影みたいな存在の私だ」

「そんな事は知っている。で要件はなんだ？」

「推測しなさい」

「じゃあ切るぞ」

「冷たい奴だなあ。おまけに冗談の効かない奴」

「そんなに言うなら推測してやる。俺がやった薬をやる気になったか？」

「そうだ。そういう事だ。しかし、ただ使用するだけではない」

「どういう意味だ？」

「あの薬は神聖な儀式に使用する事に決めたのだ」

「その儀式ってなんだよ？」

「正義を問う神聖な儀式だ」

「何を意味のわからない事を言っているんだ」

「正義を問うには覚悟がいるんだ。その覚悟をつける為に薬を使用するのだ」

「また、みょうちくりんな事を言うなあ」

「みょうちくりんじゃない。神の審判を仰ぐのだ」

「具体的に何するんだよ」

「殺る」

「やるって、薬でも使用してオナニーでもするのか？　ギャハハハハハハ」

「私をいつまでもチキン（臆病者）と思っているだろう？」

「そうとも、お前がチキン（臆病者）ってのはお前にとって相当な長所なんだぜ」

「それはどういう意味だ？」

「何、簡単な話だ。お前が今、生きているのはチキン（臆病者）だからだ。チキン（臆病者）じゃなきゃ十年前に死刑台に立っているわ」

「そうだ。十年前に立つべきだった。死刑台に。遅すぎたわ」

「何を言っているんだお前は？　大物ぶって俺をからかっているのか？」

「いや、そんなわけではない」

「少なくとも俺はお前をチキン（臆病者）と確信している。だから、俺の前で大物ぶるのはやめとけ」

「確かに私はチキン（臆病者）だ。だが、チキン（臆病者）にも我慢できる物と我慢できない物がある」

「我慢できない物だと？　数十年と我慢してきたお前に我慢できない物があるのか？」

「私が我慢できたのは、今まで希望があったからだ」

「という事はもう希望がなくなったのか？」

「金持ちのガキどもが春を謳歌して、私が春を謳歌できないのに希望を持てるはずがないだろう」

「それでも今まで我慢してきただろうが？　俺はお前がただ生きたいだけの人間と今でも確信している。金持ちのガキを心から憎みながらも、生きたいというその強すぎる願望がお前を守っているのだ」

「確かに私の生きたいという願望は強い。糞リーマン。いや、糞公務員より強い」

「何かあったのか？」

「ただ、その生きたいという願望も時が長引けば、長引くほど失われる。つまり、人生の中には希望も何もないという試練にさらされれば、萎んでいくものだ」

「俺はお前がそんなに言っても殺るとは思えない」

「そう考えるお前の気持ちもわからんでもない。今、決心は硬いが最終的にはどうなるかわからん。その時の為に薬を大切に保管しているんだ」

「まあ、その気持ちをいつまで保てるかだな。殺るなら、早く殺れよ。その気持ちが続くのは難しいぞ」

「大丈夫だ。その事については私がお前よりも早く気づいている」

「何にしても捕まった時は薬の出所については俺の名前は絶対にだすなよ」

「それはわからんな（笑）」

「もし、俺の名前を出すくらいなら、死刑台に行く前に犯行現場で自殺してくれよ。頼むから」

「冷たい奴だな。少なくとも私はお前を親友と思っていたんだが」

「確かにある意味で親友だが、悪友でもある」

「それはどういう意味？」

「俺は確かにお前が大好きだ。だから親友なんだ。しかし、お前の悪を眺めるのもそれ以上に好きだ。だから、悪友でもあるんだ」

「私はお前がもっと心配してくれると期待していたのに・・・」

「俺はお前が心配だが、お前の悪が羽ばたくのも見たい」

「その二律背反の感情は本当に成立するのか？」

「成立する。お前が知っているかどうかわからんが、俺の人生もあまり順調にはいっていないから成立する」

「という事はお前も私のような願望があるという事か？」

「当然だ。俺も人を殺したい。だからこそ、俺とお前は親友でもあるんだ」

「なぜにお前は実行しないんだ？　それはチキン（臆病者）という私と同じ理由からか？」

「それもある。それ以上にストレスの発散の仕方がお前より上手いだけだ。お前は糞真面目なんだよ」

「それはどういう意味だ？」

「つまり、思いつめるという事だ。どうしても解決できない物を解決しようとする糞真面目さという奴だ」

「私は真面目なのか？」

「自分では気づいてないようだが、糞がつくほど真面目だぜ。俺なら、酒で飲んだくれた後にはその事は考えないようにできる。お前は常に考える。飲んでいる最中ですらもな（笑）。つくづく、お前は受験優等生らしいわ」

「それはどういう意味だ？」

「ん、受験優等生というのは世間知らずなんだよ」

「それだけでは意味がわからない教えてくれ？」

「ここまで言ってもわからないんだな。つくづく阿呆だな」

「それは、侮辱だぞ！」

「やっぱり手取り、足取り教えてあげなければいけないかな」

「まあ、これでお前と話すのは最後かもしれないから教えてくれ」

「仕方ない。死刑台に上がる前に教えてやろう。世の中というものはな。すべてが理想的に正しくなければならないという事はないんだ。そして、正しいというものが固定された世界でもない。お前のように純粋に理想ばかり追い続けると痛い目にあう世界なんだよ。臭い物と妥協する事も必要だし、善悪をはっきりさせない玉虫色の決着ってのも重要なんだよ。おまけに、今の自分の立場を受け入れて、ただ生きたいだけの人生を受け入れる力量も必要。更には時代が時代なら、奴隷として生きる事も受け入れる必要がある世界なんだよ。それができない奴は時代の正義に悪党として抹消されるだけだ」

私はその時、電話を切った。石嶺の言葉が聞くに堪えられなかったからだ。確かに私は理想的過ぎたのかもしれない。こんな矛盾が満ちた世間、妥協している人間が沢山いる中で、自分の理想を追い続けるワガママ野郎だ。しかし、糞サラリーマンどもを見ていると我慢できないのだ。妥協しなければならないという事は理解できる。ただ、感情がそれを許さないのだ。

過去の時代にもこういう事はあったのだろうと思う。例えば奴隷に生まれたものが主人に反抗し、殺されたのもそうだろう。日本の歴史の中で例えるならこうだ。明治維新が起こって、武士という身分がなくなり、幕府や藩から俸禄が貰えないようになると、元武士は非常に生活に困った。そこで商売を始める事になったが、元武士のプライドが捨てられない。だから、お客様である商人や農民にどうしても頭を下げる事ができないのだ。いばっているような態度がどうしても辞められないのだ。

「これが買いたいのですが?」

「そうか、売ってやろうありがたく思え」

こんな感じで商売していたのだろう。こんなんでは客がつくはずもない。だから、元武士の商売は失敗する例が多かった。この時代に武士の時代は終わったと考え、平然とチョンマゲを切り、刀から営業カバンに武器を変えて、商人や農民に頭を下げる事ができたのは類まれな才能を持つ、優れた人物だけだろう。時代の流れにあわせて、動けるという人間だ。こういう優れた人物になりたいと思う事もあるが、反面、私はどうしても私でいたいという気持ちも強い。私が変わるよりも、社会が変わるべきだと強く願うのだ。

そして、社会の考えと私の考えのどちらの力が強いかどうかはよく知っている。私の力と社会の力には歴然とした差があり、私の力と社会の力はミジンコと人間くらいの差があるのもよく理解している。しかしだ。我慢できないのだ。今からやろうとしているのは現代の西南戦争(元武士が最後の力を振り絞って、近代国民国家を目指していた明治政府に一矢を報いようとした戦い)である。力のみが正義と考えるならば、今、私がしようとする事は鬼畜にも劣らぬ所業と言われるのも仕方がない。しかし、私は力のみを正義とは思いたくない。どうしても思いたくはない。私のもうすぐやる殺人はそんな力というゲスな泥で汚されたくはない。私のやろうとしている事は力の強弱で測れる安い正義ではなく、もっと高等な物である。今の時代には悪と言われるかもしれない。それは私の力よりも社会の力が圧倒的に強いからだ。

だが、本当の正義という物は力では測れない物だ。力という物は現在の正義しか測る事ができない弱い物だ。未来の正義という物を測る事はできない。そして、未来の正義に本当の正義があると私は信じるのだ。いつか、私は正義の化身として認められるのだ。未来永劫変わる事なく、認められるのだ。その為の殺人なのだ。私の殺人は神が行なう殺人と同じ物なのだ。世界の神々は神話の中で大量に人を殺しているように思える。それは人殺しには正義の要素が含まれているからだ。（それを何となく、人類も気づいているはず）神が人を殺すのは正義なのだ。なら、神から選ばれた者が人を殺すのも正義なのだ。ドストエフスキーの「罪と罰」の主人公は自分が神から選ばれた（否、神じゃなくても人類を導く超自然的な者）と確信できなかった。だから、自分の事を中途半端に特別な存在と思って、殺人事件を起こして、罪悪感に苛まれて自滅した。あいつには確信が足りなかったのだ。確信が足りない者に正義の殺人はできない。自分の事を本当に特別な存在と思えなかったのだ。つまり、所詮は悪ぶっていただけという事になる。中途半端な若者が若いがゆえに悪ぶって殺人を犯したというのが実態だ。

しかし、私は彼のようにはならないだろう。それはなぜかって？ それは私がよく人間の悪を理解しているからだ。私は世間に長期間、虐待されて、人間の悪という物をよく知っている。人間の悪が体の隅にまでしみ込んでいる。この恨みは感情的に自分の事を特別な人間と確信できるようにするのだ（例え、知性によって特別な人間じゃないと知っていても）。この特別な感情を持ちえたのはもはや天命としかいいようがないかもしれない。そして、人間の悪をよく知るという事は人間に対して絶望するという事だ。人間に絶望したなら、人間を殺す事は何とも思わない。人間に絶望できるのも選ばれた特別な人間なのだ。私はこの特別な人間になれた事に対して感謝こそすれども、自己嫌悪には陥らないだろう。それは私が特別な人間だからだ。

18

私は今、聖者になる準備をしている。しめる道具は何にしようかと熟慮しているのである。包丁で刺す。毒薬を飲食物に混ぜる。ガソリンで焼き殺す。トラックで轢き殺す。爆弾を使用する。方法はいくらでもある。しかし、多数の人間を殺せる方法で、それも殺せるだけではなく、苦しみながら殺せるものでなければならない。眠るように死なせてはいけない。それでは私のこの恨みは解消できない。私は長期間、この苦しみを味わったのだ、だから死ぬ人間はそれ以上の苦しみを受ける必要がある。死は恐怖であるが、ある意味、最高の安らぎでもある。死は眠りでもある。奴らに眠らせてはいけない。哲学的に言うなら、殺人の醍醐味とは死にあるのではない。死への恐怖と死に向かう時の苦痛にあるのだ。死は永遠の眠りでむしろ安らぎなのである。

これをすべて満たすのは飢餓状態にする事が一番良いかもしれない。例えば、人間の親子を檻に閉じ込めて、何十日も水しか与えないようにする。そして、先に死んだ方の遺体を綺麗な顔をした首があるまま、体だけを鋭利な刃物で切り刻んで、肉片にし、飢餓状態の親（または子）に餌としてやる。そして、その肉がなくなったら、餓死するまで檻の中に放置しておく。その切り刻まれた肉片を首つきのまま生肉で食べる親（または子）の表情はどのようなものになるだろうという強い好奇心が湧いてしまう。又、好奇心だけではなく、苦悶の表情が私のサディズムを煽るのである。

しかし、現実にはこのような事はできない。少数の人間を殺せても、大量殺人にはむかない。さらには殺す前に時間がかかりすぎるのでリスクもある。

私は迷っていた。あれもいいな。これもいいなというような状況だった。だが、決めなければいけない。迷えば、迷うだけ時間が過ぎてしまい。実行するという決断が鈍りかねない。そこで、ガソリンと包丁を併用する事に決めた。幸いにもガソリンは殺人道具の中で手に入りやすく、効果がある部類のものだ。しかし、ガソリンだけでは駄目だ。取り逃がしてしまう可能性がある。火から逃げてきた人間を取りこぼさずに、完全に抹殺する為には刃物が必要だ。その刃物もできれば、日本刀がよかったが、高い。高くて買えない。日本刀には百万円以上する物もある。こんな金もない貧乏の私が気軽に用意できる物ではない。だから、包丁にした。それもできるだけ長い包丁だ。日本刀と同程度の効果は発揮できないが、かなりの効果が期待できるだろう。それもできるだけ高級品が良い。

後は場所だ。日本有数の金持ちがいる場所で、ガソリンの効果が高い場所でなくてはならない。最近の建物は木造だけではないので慎重に選ばなければならない。もし、火や煙の効果がない所で犯行を実行したのならば、効果はかなり低くなってしまう。これは難しい問題だった。高級ホテル等の金持ちがいる建物程、防火設備が整っており、実行が難しく感じられるからだ。貧乏人が集まる所なら、いくらでも実行できるが、貧乏人を殺した所で何の意味もない。私が狙うのは日本有数の金持ちが集まる場所だ。言うなら、雇われ社長ではなく、テレビにも良く出る日本中のトップレベルの資本家とその子供が集まりそうな場所だ。大企業管理職（部長以上）、大学教授、医者等のミドルアッパーの小物が集まるような場所ではない。

しかし、この問題もどうやら解決できそうだ。時間も夜中二時決行ときまったし、ぶち殺す為の道具もすべて用意した。しかし、少し時間が余ってしまった。この余った時間に何をすべきかを考え、それは母親への最後の挨拶と決まった。最後に心が締めつけられるのはこの母親という存在だ。これはやっかいな存在だ。彼女への罪悪感が私の犯行を唯一止められる方法でもあり、私をデビルから人間に戻せる方法でもある。世間は被害者への痛みや罪を感じる事が犯罪を思い留まらせる事と考えている風潮が強いが、愛する者への罪悪感や裏切りと比べればそんなものは屁のような物である。彼女を裏切るのはつらい。被害者を何千人殺害するよりつらい。彼女の涙は被害者の血よりもはるかに重いのだ。しかし、デビルとなって正義を問わなければならない。私は夜中に母親を叩き起こした。私は最後にどうしても母親の愛を浴びたかったからである。

「夜中に起こして、何の用だい？」

「おでこにキスをして欲しい」

「気持ち悪い。何かあったのかい?」

「なんでも良いからキスして欲しい」

「ブチュ(キスの音)」

「ありがとう」


私はパンドラの箱を開けて、取り出した薬やその使用の為に用意した注射器、包丁、ガソリンが入った缶をつめたバックを持った。そして、玄関の戸を開けて、犯行現場に向かおうとした。しかし、最後に家を振り返った時に見た母親の心配そうな目を忘れる事ができない。あの悲しそうな目を忘れる事ができない。死刑囚になった今でも忘れる事はできない。

私はサラリーマンになるより、死刑囚になりたかった
著者　松本博逝
２０１７年　１月　５日　初版発行
発行者　岩本博之
発行所　ロックウィット出版
〒５５７－００３３
大阪府大阪市西成区梅南３丁目６番３号
電話　０６－６６６１－１２００
装丁　岩本博之
印刷所　ニシダ印刷製本
製本所　ニシダ印刷製本

ISBN978-4-9908444-1-7

著者プロフィール

松本博逝

１９７８年１１月２９日に誕生

１９９４年大阪市立梅南中学校卒業

１９９７年上宮高等学校卒業

２００２年関西学院大学法学部政治学科卒業

松本博逝はペンネームである。趣味は読書、人間観察等。